NieR Re[in]carnation™
ニーア リィンカーネーション

少女と怪物

著者
映島　巡
監修
ヨコオタロウ＆
ニーア リィンカーネーション シナリオチーム

カバーイラスト
CyDesignation　吉田明彦

口絵イラスト
黒い少女　CyDesignation　吉田明彦
流浪の少年・機械仕掛けの兵士・山に挑み続ける者　CyDesignation　菊地草平
義肢の狩人　CyDesignation　上田都史佳
暗殺者　CyDesignation　辺冬

本文イラスト
スチル　applibot　一才
白い少女　CyDesignation　上田都史佳

カバー・本文・表紙デザイン　井尻幸恵

NieR Re[in]carnation 少女と怪物

CONTENTS

虚空《こくう》を貫く石の巨塔。その巨大な建造物は『檻《ケージ》』と呼ばれていた。

鏡よ鏡、鏡さん。どうか、答えてくださいな。

大きさは大人の頭くらい。それに、真っ白な布をすっぽり被《かぶ》せて、目が二つ。いつも空中に浮いていて、お喋《しゃべ》り好きのお節介《せっかい》。それ、なぁんだ？

答えは、ママ。はい、大正解！

……なぁんてね。鏡の中の自分と、なぞなぞ遊びをするなんて、ちょっと子供っぽかったかしら？

でも、鏡って不思議ね。そっくりそのままの姿が映っているように見えるけれど、決して真実は映さない。映っているのは、左右あべこべになった偽りの姿。なのに、人間は鏡を覗《のぞ》かずにいられない。鏡の中にこそ真実があるとでも思い込んでいるかのように。

大きな鏡のこちらと向こう、本当に本当なのはどっち？

黒い服の少女が項垂《うなだ》れていた。

小さな身体が更《さら》に小さく見える。二つのお下げ髪が小刻みに揺れている。泣き出す寸前の肩の震えにも似た動きで。けれども、血色を失った唇から漏れたのは泣き声ではなかった。か細い声は届かなかったけれども、唇が動くのは見えた。どうしたら、という形に。

どうしたら、いいんだろう？

黒い服の少女がどうして困っているのか、それがわかっていたから、声をかけた。それが仕事だから、言った。お困りのようね、と。

少女は振り返るなり、敵意に満ち満ちた眼で睨《にら》んできた。小さな少女には凡《およ》そ不似合いな嗄《しゃが》れた声がその口から漏れる。勘違いしたのだ。少女にとっての敵、この事態をもたらした元凶の仲間が来た、と。

「待って。私は敵じゃないわ」

しかし、少女から敵意は消えない。全身の毛を逆立てて怒る小動物のようだ。無理もない。少女に災厄をもたらした者と同じように、空中を浮いて移動し、言葉を喋る。形状は全く異なるものの、大きさはほぼ同じ。こいつらは仲間だと早とちりしたとして、誰が責められる？

「もしかしたら、貴方にとって救世主かもしれないわよ」

急いで言葉を付け足すと、敵意の中に戸惑いの色が見えた。九十九パーセントの敵意の中に、ほんの一パーセント程度の疑念。目の前にいる謎の浮遊体は、もしかしたら、敵ではないのか、と。

「あの子を元に戻す事は、不可能じゃないわ」

少女の表情が変わった。食いつきそうな勢いで、詰め寄ってくる。今、少女が何よりも望んでいる事が目の前に示されたのだから、すぐにでも実行に移してほしいと思うのは当然の事だった。

説明が必要だ。不可能じゃない、というのは容易《たやす》く実現できるという事と同義ではない。

「でも、それには膨大な力が必要なの」

膨大な力を用意する手順。それを成し遂げる覚悟。その双方を、少女は差し出せるのかどうか。

少女の両眼から敵意が消え、ただただ性急な光だけが揺れている。早く、早く、と言いたげに。何をすればいいのか知りたい、一刻も早く、その気持ちが痛い程に伝わってくる。

「……その為には、この『檻』を逆戻りすればいい」

言葉にしてしまえば、それは単純だった。だからこそ、釘を刺しておかねばならない。

「ただ、貴方は代償として声や感覚を失ってしまうわ」

これで、「この『檻』を逆戻りする」難しさを理解してもらえただろうか？　声や感覚を失うと聞かされても、その願いは変わらないだろうか？　恐れや躊躇《とまど》いが、その決意を鈍らせはしないだろうか？

少女の顔を正面から覗き込む。敵意でも、戸惑いでも、焦りでもない、真《ま》っ直《す》ぐな光があった。

「本当にいいのね？」

少女が頷《うなず》く。これから起きる事、これから為すべき事を聞かされても、あの子を元に戻したいという思いは、少しも揺るがないようだ。

「わかったわ」


……とまあ、振り返ってみれば、こんなところかしら。こうして、逆戻りの旅が始まった訳だけれど。骨の折れる仕事になるのは、この時点でわかっていたの。だって、＊＊の＊＊を＊＊に＊＊しなきゃいけないなんて、ね。一筋縄ではいかないでしょう？

でも、これがママのお仕事ですものね。楽をしようなんて思ってないわ。何も知らない人には、ママなんて、オシャレして（この新しい布だけど、似合ってるかしら？　うん、似合ってるわね！）ふわふわ浮かんでるだけに見えるかもしれないけど。これでも、ママは仕事熱心なのよ？

あの子の、いいえ、あの子達の為にも、頑張らなくっちゃね。さて。行くとしましょうか。

第1章

目覚めを待っていた。黒い服の少女が自らの力で立ち上がり、ここへやってくるその時を。それ程長くはかからない。たぶん。

そこまで考えたところで、小さな人影がこちらへ向かってくるのが見えた。黒い服の少女だ。一瞬、重力装置の異常《エラー》のように身体が傾いたが、すぐに少女は姿勢を整え、走り出した。

進む程にその足取りから、ぎこちなさが消えていく。身体のほうはまだ動きたくないと訴えているだろうに、あの子の中の何かがそれをねじ伏せている。

石造りの冷たい通路を、ひた、ひた、と足音が響く。動かなければ、先へ進まなければという焦りを滲《にじ》ませながら。たとえ今よりずっと速く走れたとしても、その焦りは消えないだろう。おそらく、この道行きが終わるまで。

平らな通路が終わり、長い上り階段へと変わる。肩で息をしながら、それでも少しも表情は変えずに、淡々と少女は階段を上る。

頑張って、あと少しよ、と声に出さずに応援してみる。少女が階段を上り終えた。残りは平坦《へいたん》な通路だけ。あと少し走れば、ここへ着く。

思えば、ここは奇妙な場所だ。少女が走ってくる通路の終わりは多角形の広場になっていて、その中央には鉄格子の箱がある。見上げんばかりの巨大な箱は、動物を閉じこめる檻《おり》や鳥籠を連想させた。

洒落《しゃれ》のつもりなのかしら？　『檻《ケージ》』の中の檻だなんて。

けれども、ここが、始まりの場所。長いようで短い、あっという間のようでいて遠大な、そんな旅がここから始まる……。

鉄格子の扉を開けて、少女が近づいてくる。

「あらあら。ようやく起きたのね」

怖がらせないように優しく、不安がらせないように明るく、声をかけてみる。少女の口許が何か言いたげに動く。

微《かす》かな声でも聞き取れるように、少女に近寄った。しかし、唇からは息を吐く音しか聞こえない。少女はもどかしげに首に手をやっているが、その喉は少しも動いていなかった。

「そう……やっぱり、声を失ってしまったの……」

諦めたように、少女の手が喉から離れる。驚いてはいないようだ。声や感覚を失うかもしれないと説明はしてある。

「大丈夫。ママがサポートするから」

反対側の扉を開けて、振り返る。こっちよ、と声をかけると、少女は小走りについてきた。

「貴方が失ったのは、言葉だけじゃない……」

話しながら、少女の横顔を盗み見る。ああ、あの子に似ている、と思う。似ているけれども、違う。あの子は、笑ったり、泣いたり、驚いたりと忙しかった。あの子の顔には、見るたびに違う表情が浮かんでいた。そして、一人でいる時は大抵、困り事でもあるかのように、眉間《みけん》に皺《しわ》を寄せていた。

遠目に見ても、それらがわかったのだから、間近に見れば、もっとたくさんの表情を見る事ができただろう。

それに対して、この黒服の少女には表情らしい表情が無かった。これだけ間近に見ていても、何を考えているのか、全く読み取れない。声を失ったというのに、悲しみや戸惑い、不安でさえ垣間《かいま》見《み》る事ができなかった。

悲しいという感情さえも失ってしまったのかもしれない。十分にあり得る話だ。

「今の貴方は、多くのものを失っている」

少女が何をどれだけ失ったのか、正確なところはわからない。概《おおむ》ねこれくらい、と見当を付けるのは容易いけれども、失われたモノは何と何と何、と具体的に列挙するのは難しい。取り戻した後に初めて、「ああ、これが失われていたのか」とわかる。だから。

「だから、それを取り戻しに行くのよ」

多角形の広場の先は、橋によく似た通路で、その先に今度は円形の広場がある。何もない広場の中央に立つと、それを合図にしたかのように、するすると何かが降りてきた。螺《ら》旋《せん》階段だった。通路や広場と同じような石造りではあるけれども、どこか獣の骨を思わせる形をしていた。

「これは、始まりの階段。『檻』への入り口よ」

それ以上の説明は必要なかった。少女は迷いの無い足取りで、階段を上り始める。どこからか、鐘の音が聞こえてくる。一つ、二つ、三つ……必要も無いのに数えてしまうのは、習い性というものかもしれない。

六回まで数えたところで、視界が切り替わった。

束の間の暗転の後、再び光が溢《あふ》れた。視界が開ける。目の前には、先刻までと似たような石造りの通路や階段が続いている。ただ、先刻までと異なるのは、頭上の空だった。遮《さえぎ》るものは何一つ無く、薄茶色に煙った空が広がっている。細かな砂の粒子が舞い上がって、空を覆っているのだろう。

辺りには、幾つもの建物や塔が生えていた。勝手に生えているとしか思えない、無秩序な並び方だ。それらが、どこまでもどこまでも続いている。きちんと数えてみたら、一体、幾つの建物や塔があるのだろう？

至近にある建物の壁には、規則正しく窓のようなものが並んでいて、そこからは引っ切り無しに砂が噴き出していた。まるで、四角い口のオバケが並んで砂を吐いているかのようだ。吐き出された砂は、建物の下方へと零《こぼ》れ落ちていくが、その先がどれ程、下にあるのか、わからない。底など無いのかもしれない。

「すごい！　砂が流れているわ。これ、どうなっているのかしら？」

あれ程大量の砂は、一体、何処《どこ》から湧いて出ているのだろう？　しかし、少女は眉一つ動かさずに走り続けている。

「目に砂が入っちゃうから、気をつけてね」

何処《どこ》も彼処《かしこ》も砂で煙っていて、その細かな粒子は、隙《すき》あらば布の繊維の間にまで入り込もうとしていた。口の中まで、じゃりじゃりになっているだろうに、少女は顔をしかめるでもなく、目の前に現れた階段を上っていく。

ただ、じゃりじゃりした砂粒の不快感をいったん仕舞い込んでしまえば、目の前に広がる光景はそれなりに美しい。遠い昔の、見知らぬ国の遺跡に入り込んだかのような。或《あ》るいは、色褪《いろあ》せた古い写真のような。それらを砂の色をした風が包み込み、時折、光を受けて瞬《またた》いている……。

音が聞こえた。風？　通路の遙《はる》か下方から、震える声にも似た音が聞こえる。風が吹き上がってきているのだろう。

ここ、砂の領域の階段は、至る所に亀裂が走り、所々、削り取られたように崩れている。この道行きを快く思わない誰かが邪魔をしようとしたかのように。階段だけではない。その先に続く、橋のような通路も、上り坂になっている通路も、あちこちが傷んでいた。足許をよく見てね、躓《つまず》かないでね、と声をかけようとして、止《や》めた。少女は実に器用に、そして用心深く石くれを避《よ》けている。余計な言葉はかえって邪魔になりそうだ。

「あの黒い柱の根元に向かいましょう」

実際には、「柱」ではなく、ただ黒い粒子が細く長く立ち上っているだけだったけれども、少女にわかるように説明するのは骨が折れる。行き先さえ示せれば事足りるのだから、便宜上《べんぎじょう》の名称で済ませても構わないだろう。

長い上り坂の通路を進んでいくと、「柱」の根元にヒト型の何かが立っているのが見えてくる。人間にしては細長く、また不自然なまでに整った曲線と直線とで構成された、何か。間近に見れば、それは一本足で、しかも、宙に浮いていた。たいして長くもない両腕を胸の前で合わせている。細長い棒状のモノを両手で掲げているのだ。その姿は、祈っているようでもあり、懇願《こんがん》しているようにも見える。ただ、頭部と思《おぼ》しき部分に顔は無いから、あくまで印象に過ぎないのだが。それを見上げる少女の横顔も、表情の無さという点ではカカシと良い勝負だ。

「これは、『檻』に点在する謎の彫像《ちょうぞう》……」

今更《いまさら》な説明だ。この道行きは「逆戻り」なのだから、この黒い影像を幾度と無く目にしている筈だった。ただ、それを覚えているかどうかはわからない。声や感覚と同じように、失われてしまった可能性は十二分にある。だから、念の為に説明しておこうと思った。

「誰が作ったのかは知らないけれど、私は『黒いカカシ』って呼んでるわ」

一本足だからカカシ。尤《もっと》も、本当のカカシは宙に浮いたりしない……。

「ともかく、これが一つ目。ここから始めましょう」

少女がカカシに歩み寄り、ゆっくりと右手を差し出した。黒いカカシを覚えているからそうしたのか、無意識のうちに手を伸ばしたのかはわからない。

少女の指先が黒く変わったかと思うと、それは砂に水が染み込むような速さで手首から二の腕、肩へと広がる。黒い影のようになった指から腕は、瞬《まばた》きをする間に塵《ちり》となって輪郭を失う。見れば、少女の全身は黒い塵の集まりとなって、カカシへと吸い込まれていく。

「行ってらっしゃい……気をつけてね」

とはいえ、それが少女の耳に届く事は無い。すでに少女はカカシの中だった。

荒野の三人「杖の少年」

広大な荒野を二人は歩いていた。育ちの良さそうな少年と、後ろを歩く寡黙《かもく》な男。何かに追われているのだろうか。周囲を気にして歩く少年の足取りには不安が見えた。

砂を乗せた風が吹き付けている。大地は砂に覆われ、草も木も見当たらない。地面から生えているのは、サボテンと其処此処《そこかしこ》にある大きな岩。見た事も無い風景……。

これは？　ああ、カカシの中だったんだ……。記憶を「視て」いる。同時に、思い出した。あれは、いつの事だっただろう？

ねえ、カカシの中に入るって、どんな感じなの？　と訊かれて、答えに窮した。その時は、上手く説明できなかった。結局、「まるで絵本を読んでいるかのよう」という答えに辿り着くまでに、結構な時間を要した。答えるのも今更だ、と思える程に。だから、答えてやっていない。

それにしても、この空の色は……。地平線のすぐそばまで太陽が落ちている。夕暮れなのだろうか。それにしては、妙にぎらついた色をしている。夕陽というより、焚《た》き火のような色だ。二人の姿は、火に炙《あぶ》られ、逃げようとしているかのようにも見える。

男は手ぶらで、少年は杖とも槍ともつかない長い武器を背負っている……。

砂塵の中から、寂れた街が姿を現す。少し休憩しようと提案する少年に、男は静かにうなずいた。

街の入り口も、その向こうに見える建物も、風を受けてからからと回る車も、何もかもが乾いた砂の色をしている。からからに乾いた色の街。立ち枯れた草木のような、どこか死の匂いのする街だった。

旅の疲れを癒す為、二人は食堂へと向かう事にする。食堂前に屯《たむろ》する賞金稼ぎ達。その一人が、少年達を呼び止めた。

一瞬、黒い鳥の姿が脳裏をよぎる。今、何を思い出しかけた？　鳥？　黒い……鳥……。何だろう、嫌な感じがする……。

値踏みするように少年を睨《にら》み、賞金稼ぎは言う。お前、王族か、と。深い怒気の籠《こ》もった声。

鳥だ。不意に、黒い鳥の群れが賞金稼ぎの男へと舞い降りた。

俯《うつむ》く少年は口を閉ざしたまま。それが癪《しゃく》に障ったのか、賞金稼ぎはいきなり銃を構える。二度、響いた銃声は砂塵の中へと消えていった
少年を背にかばうように立った男が呆《あっ》気《け》なく倒れ、続いて少年が倒れる。と、目の前の光景が揺れた。視界に綻《ほころ》びが走る。空の色が褪せていく。何が起きた？　その問いに答えるかのように、「ママ」が現れた。

「賞金稼ぎに取り憑《つ》いた黒い鳥の群れが見えたかしら？　あれこそが私達の倒すべき『敵』。あの黒い敵が、物語の姿を歪《ゆが》めてしまっているの」

言われて、理解した。つい先刻、自分が何を思い出しかけていたのか。

「物語を正しい姿に戻す為、黒い敵を倒すのが貴方の役目よ。もちろん、貴方はわかって

いるわね？」

説明されるまでもなかった。黒いカカシの中に入る意味。そこで為すべき事。すぐにそれを思い浮かべる事ができなかった自分に唖然《あぜん》としてしまう。まだ寝ぼけていたのか、と。

物語が巻き戻される。黒い鳥の群れによって歪められる前へと。倒れ伏していた二人が起き上がり、立ち上っていた筈の硝煙が再び銃口へと戻っていく。

それが癪に障ったのか、賞金稼ぎはいきなり銃を構える。

突然、賞金稼ぎの身体が爆《は》ぜたように見えた。黒い塵となって四散していく様子には、覚えがあった。これが、今から自分が修復すべき「記憶」だ。

修復……どうすれば？　薄く靄《もや》の掛かったような頭の中を探る。

思い浮かべるより先に、敵が現れた。黒い獣のような、しかし、毛皮とも羽毛とも異なる、つるりとした体表の敵が、三体。太い二本の足で直立し、背中を丸めて長い両腕をぶらぶらさせている。そうだ、やるべき事は至って単純だ。戦って、倒して。そして。

戦うといっても、自分自身で敵に相対する訳ではない。ここは、記憶の世界。絵本の中で戦うのは、絵本の中に住む者達と決まっている。

黒い敵の一体が、鋭い爪を振り上げて少年へと襲いかかる。小柄な少年など、腕の一本だけで捻り潰してしまえそうに見える。しかし、その爪は少年に触れる事すらできなかった。黒い身体が吹っ飛ぶ。少年の傍らには、いつの間にか、長い杖がある。あれは槍ではなく、魔法を使う為の杖だったらしい。

続けて、もう一体の黒い敵が吹っ飛んだ。男の手には銃がある。男は手ぶらではなく、使い込まれた銃を隠し持っていたのだ。

三体の敵に相対しているのは、少年と男。三対二。しかし、数の上での不利も、明らかな体格差も、二人はものともせずに、ただ淡々と攻撃を続けている。

始まった時と同じ唐突さで、戦いは終わった。

賞金稼ぎを退けた男は、息一つ乱さず、少年へと声をかける。お怪我はありませんか、王子、と。

黒い敵は消えた。その場に倒れているのは、つい先刻まで下卑《げび》た笑いを顔に貼り付けていた、賞金稼ぎの男。

少年は大丈夫と答え、もう王子じゃないよと笑顔を見せた。そして、男へ、残念だけど街を出ようと提案する。男は静かにうなずいて、少年の顔を見つめていた。

空の色は相変わらずぎらついた色をしていて、沈みかけた夕陽はいつまでも沈みかけたまま。結構な時間が経ったように思えたのに、空を見れば何も変わっていない。いや、それでいい。これは、絵本の世界の空なのだから。

＊

少女がカカシに吸い込まれていった時と全く逆の動きで、カカシの身体から黒い粒子が流れ出し、見る間に輪郭を形作り、少女の姿へと変わった。同時に、カカシからは黒い色が抜け、「白いカカシ」になっていた。

お帰りなさい。お疲れ様。

そうじゃなくて。そんな労《ねぎら》いの言葉よりも、先に説明しておかなければならない。少女が何を覚えていて、何を忘れているのか、わからない以上……。

「貴方の役割は『黒い敵』によって歪められた記憶の物語を修復する事」

杖とも槍ともつかない武器がカカシの手を離れ、少女の手の中へと収まる。

「そして、修復された武器を集めるのが、私達の目的よ」

理解してもらえたのかどうかはわからない。でも、今はそれでいい。少女は自らの意思でこの道行きを選んだ。細かい部分は忘れてしまっても、先へ進む気持ちさえあれば、きっと何とかなる筈。

それ以上の説明など要らないとでも言いたげに、少女は走り出していた。

ほら、大丈夫。先へ進む気持ちなら、十分過ぎる程にあるんだから。

白いカカシの立つ広場が遠ざかっていく。その先の扉を開けると、暗く、真《ま》っ直《す》ぐな通路だった。明かり一つ無い通路だったが、移動に危険は無い。出口から射し込む光が目印になってくれる。

薄暗い通路に、少女の足音が規則正しく響く。通路が次第に明るくなる。ただ、出口からの光が強すぎて、その先がどうなっているのか、見当も付かなかった。

少女が眩《まぶ》しげに目を細める。通路から出るなり、視界が白くなって戸惑ったのだろう。

「まあ！」

そこは真昼の屋外のように光が溢れていた。宙を舞う砂の粒がきらきらと輝いている。ただ、明るさに目が慣れてくると、遙か頭上にあるのが空ではないとわかる。両側には複雑な造形の壁があり、少し前に目にした、四角い口が行儀良く並んで、一斉《いっせい》に砂を吐き出している。ここは、歴《れっき》とした屋内、巨大な建物の中なのだった。

暗い通路の先は、やはり通路が続いているのだが、それは橋のように両脇が切れていて、中空を渡っていた。通路の端から下を見下ろせば、ずっとずっと下のほうに暗い闇が広がっている。果たして「底」があるのか、それとも、何も無い虚ろな空間が横たわっているのか。

「こんなに大きな建物、一体どうやって造ったのかしら？」

両側の壁は天を衝《つ》く程の高さまで続いているから、この場所から「上」だけでも相当な大きさだろう。しかも、「下」はどこまで続いているのか、視認できない程の距離がある。全体の高さとなると、もはや想像も付かなかった。

平坦な通路の先には、またも長い階段だった。それを上り切った先の、更に上が吹き抜けになっていて、眩しい光はそこから射し込んでいた。

吹き抜けの向こう側はどうなっているのか、興味は尽きなかったが、残念ながら、通路はそちらには続いておらず、吹き抜けの手前で右に折れていた。

そして、右に折れた通路を進んでいくと、黒い粒子が細い柱となって立ち上っているのが見えた。黒いカカシだ。

「二つ目はここね。準備は良い？」

少女が無言のままカカシに歩み寄り、右手を伸ばす。手順は同じなのだから、もう不安は無いだろうし、説明も不要に違いなかった。

それがわかっていても、カカシに吸い込まれていく少女に向かって「行ってらっしゃい」と手を振らずにいられなかった。

荒野の三人「義肢の女」

往々にして、酒場や食堂は情報の集積地となる。人の集まる場所には、それだけ多くの声が集まるからだ。

店の窓からは、焚《た》き火の色に似た空が見えていた。さっきの「記憶」の続きだろうか？

機械の手足を持つ彼女も、それを求め、この店を訪れた。賞金稼ぎとして、標的の手掛かりを探さなければならない。

いや、登場人物が違う。店の客の中には銃を持った男も、杖を背負った少年もいない。泥酔した男がくだを巻き、身綺麗《みぎれい》だが高慢そうな女が噂話に興じている。長い髪の女がゆっくりと店を歩き、彼らの話に耳を尖《とが》らせていた。「機械の手足を持つ彼女」だ。客から得られる情報は漠然としている。だが女は、獲物の匂いを確かに嗅《か》ぎ取っていた。女は獲物を追い、店を後にする。

店の外には、砂混じりの風が吹いていた。同じ街だ、と直感した。少年と男が賞金稼ぎに襲われたのと。

彼女の前方に、一人の賞金稼ぎが立ち塞《ふさ》がる。荒い息遣い、ぎらついた瞳。その賞金稼ぎは女を睨み付け、有り金を渡せと吼《ほ》えた。

黒い鳥が舞い降り、賞金稼ぎに取り憑く。黒い塵となって四散する男。そして、現れる黒い敵……。登場人物の違いはあれども、修復の手順は同じだ。

女が剣を抜く。先刻の男とも少年とも異なる武器で、女は三体の黒い敵へと向かっていった。数の上ではもっと不利になっているというのに、先刻の二人よりも女のほうが余裕があるように見えた。女は淀《よど》みの無い動作で剣を操り、的確に敵の急所を抉《えぐ》った。

勝負は一瞬で終わった。女の溜息が砂塵に絡む。彼女の力の源は復讐心だ。生半《なまなか》な者では到底敵わないだろう。探していた標的を求めて、女は森へと向かった。

*

黒いカカシが白くなり、少女が戻ってくる。二本目の武器が現れ、少女の手に収まった。

「物語の回収は、貴方の失ったものを取り戻す為であり、貴方の『願い』を叶《かな》える為でもある。だから、焦らず着実に物語を集めていきましょうね」

今更な話とわかっていても、ついつい説明を口にしてしまう。過保護かもしれないけれども、世話焼きなのは性分だから仕方が無い。

白くなったカカシの背後にある扉を開け、更に先へと進む。巨大な円筒の内部に入り込んだかのようだった。通路は筒を横切って、反対側の壁へと伸びていた。筒の内壁に沿って続く、長い長い螺旋階段へと。

階段に手摺りは無かった。うっかり足を踏み外して、壁とは反対側へと転んでしまったら……あの闇の底に叩きつけられて死んでしまうに違いない。中空を渡る橋のような通路といい、この建物には安全性というものが欠如している。安全性ばかりか、実用性にも乏しい。

あるのは、ただ造形美くらいか。真っ直ぐに切り揃えた石を隙間無く並べた壁や、不可思議な模様が彫《ほ》られた石柱や、見事な真円を描いた広場や……。至る所で引っ切り無しに吐き出される砂でさえ、この場の造形美を引き立てる為の仕掛けであるかのようだ。薄く包み込んでくる砂煙が、無彩色の石造建築物に何とも言えない色彩を与えている。光を受けた砂塵の煌《きら》めきを目にした時には、砂の中にも星が瞬《またた》くのだと感嘆した。

そう、何もかも美しいが、それだけだ。その為だけに、これ程まで巨大な建造物を造るのは酔狂が過ぎる。

目覚めてすぐはぼんやりしていた少女も、そろそろこの場所の不思議さ、奇妙さを訝《いぶか》っている頃ではないだろうか。

「そうね……。この場所、『檻』について話しておきましょうか」

と言っても、話せる事は少ない。

「『檻』はとても巨大な建物よ。貴方が目覚めた場所も、今居るこの砂の領域も、全体のほんの一部に過ぎないわ。本当に謎の多い建物で、殆《ほとん》どの事は誰にもわかっていないの。誰が『檻』と呼んだのかさえ、ね」

これだけだ。話せる事は。おそらく、声や感覚を失う以前の少女が知っていたのと然《さ》したる差は無いだろう。それでも話してみたのは、黙りこくって階段を上るより、無駄とわかっていても何か喋《しゃべ》っていたほうが心が和むから。それだけ……だ。

この『檻』の設計者を笑えないわね、これじゃ。

「さあ、三番目のカカシが見えてきたわ」

殊更《ことさら》に明るい声を出してみても、少女の足取りは変わらない。勿論、和《なご》む様子など微塵《みじん》も感じられなかった。

荒野の三人「射手の男」

朽ちた教会が佇む森の中。男は周囲を見渡している。

最初の物語に出てきたのと同じ男だ。ただ、焚き火に似た色の空から、ぎらつきが消えていた。まだ空は明るいが、太陽が生い茂る木々に隠されてしまっている。少年の姿は無い。

どうやら男は、食物を探しているようだ。包帯に覆われた表情には、心無しか翳《かげ》りが見える。

男が地面に跪《ひざまず》き、大切そうに何かを拾い上げた。赤い果実、あれが「食物」なのだろう。草木が揺れ、音を立てる。食料を求めているのは、男だけではない。獣達もまた、飢えて彷徨《さまよ》っているのだ。そして、貴重な食料を巡り、当然のように争いは起こった。

現れたのは、黒い体毛の獣だった。黒い敵とよく似ていたが、体表の質感が違う。泥や枯れ草で薄汚れてはいたが、黒い毛皮は暖かそうに見える。しかし、獰猛さはこの獣も黒い敵も同じらしい。獣の咆哮《ほうこう》が森の木々を震わせた。裂けたような口から覗く牙と、悪臭を放つ舌。獣の身体が膨れ上がり、黒い塵となって四散した。……黒い鳥が取り憑いたのだ。

今回は一対一の戦いだった。が、決して楽な戦いではなさそうだ。何しろ、それまでの敵に比べて、一回りも大きい。直立しての動きも素早く、何より、腕が四本もあった。しかも、その腕は丸太よりも太く、どんな猛禽《もうきん》類よりも鋭い鉤爪《かぎづめ》を生やしていた。

黒い敵が振り下ろしてくる腕を、男が辛うじて避ける。行き先を失った拳が地面にめり込み、大穴を開けた。あれをまともに喰らっていたら、今頃、男の頭は果実のように潰れていたに違いなかった。

男は敵よりも素早く動き、幾度となく拳を掻い潜り、鉤爪を躱《かわ》した。躱し損ねて、鉤爪が掠める事もあったが、それでも概ね男は上手く立ち回っていた。黒い敵が焦《じ》れたように踏み込んでくる。苛立ちの為か、振りが大きい。男はそれを待っていた。

銃口が火を噴く。手負いとなった敵はますますいきり立つ。隙だらけになった敵に銃弾を撃ち込むのは容易い仕事だろう。

二人で三体を相手にしていた時よりも、勝敗が決するのは早かった。

無事に食物を手に入れた男は、教会へ戻る事にした。

男が引き返した先にあったのは、教会とは名ばかりの廃屋《はいおく》だった。屋根は剥がれ、壁もあちこち崩れていて、雨風を凌《しの》ぐ事さえ難しそうだ。あれは、まるで……いや、よそう。今はまだ考えたくなかった。

朽ちた礼拝堂に革靴の音が響く。教会の奥には、少年が憔悴《しょうすい》した顔で横たわっていた。男は少年に寄り添い、集めた食料を差し出す。少年は受け取ろうと身動《みじろ》ぎしたが、弱り切った身体では食料を受け取る事すらできない。

男の手のひらにすっぽり入ってしまう程の小さな果実。重さだって、たいした事は無い筈だ。なのに、それすら掴めない程に少年は衰弱している。もう長くないのは、誰の目にも明らかだった。

男が動揺しているのがわかる。身体の内側から灼《や》かれていくような痛みを、男は感じているのだ。このままでは死んでしまう、という焦りと不安を。

少年は誤魔化すように、笑ってみせる。男は黙ったまま、少年の顔を見つめていた。

ああ、なんて似ているんだろう。いや、姿形は全く違う。似ている訳じゃない。ただ、重ね合わせてしまっただけだ。わかっている……。

＊

白くなったカカシから出てきた少女の横顔に、何かが見えた。表情と呼べる程ではない、微《かす》かな何かが。この道行きに多少なりとも慣れてきたのか、或いは、この物語の中で、心動かされる何かを見たのか。

「あの子、病気に罹《かか》っていたのね……。そんな身体で荒野を旅するなんて」

物語の登場人物を話題にしてみたけれども、少女は再び無表情に戻ってしまっていた。

そうなると、少女の横顔に垣間見えた何かすら気のせいだったように思えてくる。

「ともかく、これで三つ目の記憶も修復できたわ」

気のせいならそれでもいい。三本目の武器も少女の手に収まった。修復を進めていけば、少女は失ったモノを取り戻していく。それは確かなのだから。

「次の物語を回収できれば、この杖の物語はおしまい」

行きましょう、と声を掛けるよりも先に、少女は走り出す。大きな扉を開けると、空が大きく開けた。通路や階段が続いているのは相変わらずだったが、屋外だった。建物と建物を繋ぐ渡り廊下のように、壁も無く屋根も無い。

「次でおしまいとは言ったものの……」

通路も階段もまだまだ続いている。

「随分高い所まで来たわね」

通路の脇から下を見下ろしてみる。砂煙に覆い隠されて、地上は見えない。これまで上ってきた階段から「随分高い」と推測してみたけれども、「とんでもなく高い」と言うべきだったかもしれない。

「足、痛くない？　景色は綺麗だけど、上り階段ばかりだから……」

石でできた階段をひたすら上り続けてきたのだから、か細い足には相当な負担だっただろう。なのに、少女は少しも速度を落とす事なく階段を上り続けている。

「疲れたら、いつでも休んで良いのよ?」

言い方がまずかった。疲れなければ休まなくても良い、と拡大解釈されかねない。

「休む事こそ成功への近道だって、誰かも言っていたしね」

言い添えてみたけれども、何の反応も無い。この言い方でも、少女の足を止める事はできないらしい。

幾つもの塔や建物が建ち並ぶ中を突っ切るようにして、通路と上り階段が続く。たった今、通ってきた筈の通路はそれらの陰になってしまって、振り返っても見えない。ただ砂煙だけが、明るい陽射しに煌めいている。

通路を曲がった途端、視界いっぱいに光が溢れた。正面に続く階段の上に大きな光の玉が載っている。夕陽なのか朝陽なのかはわからないが、太陽が真ん前にあるのだ。

やはり、この『檻』の設計者はただ者ではない。まるで、太陽への道が開かれたかのような階段を造るとは。それとも、ちょっとした嫌がらせ、文字通り「目眩《めくら》まし」のつもりなのだろうか?

「眩しい所ね……でも、見つけたわ」

陽射しに紛れるようにして、黒い粒子が真っ直ぐに立ち上っているのが見える。

「あれが四つ目の黒いカカシ」

少女の足が力強く階段を蹴る。うんざりする程長い階段の先、おそらく砂の領域の最上階は、これまでになく広い。巨大な数本の石柱に囲まれた円形の広場、その中央に黒いカカシが立っていた。

「ここから杖の物語、最後の記憶に入れる筈よ」

物語の歪みを修復したとしても、不幸な結末が幸福な結末へと変わる訳ではない。あるがままの姿に戻るだけだ。悲しい物語は修復されても悲しい物語だし、救いの無い物語に救いが生まれたりもしない。

「武器の持ち主の殆どは、戦いに身を置く者達。貴方はこれから、多くの死を見届ける事になるでしょう」

武器とは、戦う為の道具。死を呼ぶ道具。その記憶を読み、修復していく事は、死を目の当たりにする事。残酷な仕事だ。

「……覚悟は、いいかしら？」

脅しではない。これまでの三つは物語の途上であったけれども、四つ目のカカシは結末の記憶へと繋がっている。戦いの終わり、その果てにあるモノを直視しなければならない。それで、覚悟を問うてみた。

少女が迷いの無い足取りでカカシに近づく。それで十分だ。わかったわ、行ってらっしゃい、と手を振って見送った。

荒野の三人「旅路の果て」

街を出た女は、やがて荒れた森に辿り着いた。朽ち果てた教会が、ひっそりと建っている。壁は最早用を為さず、天井は崩れ落ちている。

あの教会だ。病に倒れた少年と、付き従う男がいた……。ただ、彼らが居た時よりも建物の傷みが酷《ひど》い。あの時は、剥がれ掛けていたとはいえ、屋根はまだ残っていたし、穴だらけでも壁と呼べるモノはあった。

女が足を踏み入れたのは、もはや建物ではなく、残骸《ざんがい》と呼ぶべき代物だった。なぜ、これ程急速に劣化が進んだのだろう？　いや、劣化が急速だったのではない。時が流れたのだ。時の流れは相応の変化をこの建物に与えた。

教会の奥で女が見たのは、古びた機械兵と少年の遺骸だった。

あの男、人間ではなかったのか……。少年は白骨化していたが、男のほうは姿形が殆ど変わっていなかった。着ている服は色が抜け、帽子も触れただけで粉々になりそうに傷んでいたとはいえ。

女が近づこうとすると、突然、機械兵が立ち上がる。蘇《よみがえ》った機械兵は、女へ銃口を向け、唸り声を上げた。

男の両目が赤い光を放つ。ぎしぎしと軋む音を立てながら、男は銃を構える。黒い鳥の群れが舞い降り、男に取り憑く。男の身体が爆《は》ぜて黒い粒子に変わる。ただ、男の姿はそのままだった。賞金稼ぎや森の獣のように、黒い敵の姿に変わったりはしなかった。

長剣を抜くや否や、女は一気に間合いを詰め、男に斬りつけた。十分な距離さえあれば銃は強力な武器だが、至近距離ではその長所を活かせない。男が狙いをつけられずにいる間、女は二度、三度と斬撃《ざんげき》を放っていた。踏み込んでは斬り、次の瞬間には後退し、時には頭上高くまで跳び、落下の勢いを乗せて剣を叩きつけたりもした。

素早く動く女に対し、男の動きは鈍かった。銃を持つ腕が不快な音で鳴り、踏みしめる足は不自然に傾いている。

それでも、幾度か男は発砲したが、そのどれもが女にかすり傷を与えたに過ぎなかった。やがて、男はその場に倒れ、動かなくなった……。

賞金稼ぎの女は、倒した機械兵の記録を確認する。かつて王子であった少年は、王国を追われた身だった。共に旅していた男は、彼の友でもあり、護衛でもあった機械兵。

もう王子じゃないよ、という少年の言葉を思い出した。あの時の男、機械兵は、もっと機敏に動いていた。絶え間無い攻撃に為す術も無く立ち尽くし、挙げ句に倒れるのは、機械兵ではなく敵のほうだった。

しかし、少年は病魔に冒され、旅路の半ば、その命を落とす。独り残された男は、少年の遺骸を守ろうと、近づく者全てを殺すようになった。少年の死から百年。機械の身体は錆《さ》び付き、意識は薄れ、王国さえ滅んだが、男はずっと自らの主を守り続けていた。

百年。少年の遺骸が白骨化し、古い教会が残骸と変わるには十分な歳月だった。

女はふたりを弔《とむら》う墓を立てると、静かに森を立ち去った。

墓標は、少年が手にしていた杖。手向《たむ》けの花は機械兵の帽子。やがて帽子は風に飛ばされ、粉々に崩れて消えるだろう。杖も風雨に倒れて土に帰るだろう。

＊

「あの子は、国を追われた王子だったのね。そして、あの機械兵は壊れかけてもなお、主人の亡骸《なきがら》を守り抜こうとした……」

守るべき相手を失い、その抜け殻に寄り添い続けた守護者を、少女はどんな思いで見つめていたのだろう？　何の感慨もなく傍観していたとは思えないが……。

「……この記憶で、杖に遺された彼等の物語もおしまいね。これで、正しい物語がその杖に収められたわ。お疲れ様。ほら、杖を見て」

カカシから杖が現れる。ただ、これまでの三本と違って、それは少女の手には収まらずに宙に浮いていた。

杖が光り、やがて輪郭を失い、塊とも球体ともつかない形へと変じた。その光に手を伸ばし、少女のほうへと導く。これは、この子のモノだから。……今はまだ。

「受け取って」

光が少女へと吸い込まれていく。

「それは『意思』。貴方が失った欠片《かけら》の一つ。貴方が今、集めなくてはならないモノ」

思い出してくれたかしら、と少女の顔を覗き込む。返事が聞けないのは、なんて不便なんだろうと思わずにいられない。仕方が無い。便宜上、「思い出した」と見なして先へ進むしか。

この道行きが始まる前、少女は幾つかの欠片を失った。『檻』を遡《さかのぼ》って欠片を全て集めて……少女は願いを叶える。

「さあ、次のカカシを探しましょう」

上空から、するすると螺旋階段が降りてきた。五回、鐘が鳴った。大丈夫、と告げるかのように。行き先は、『檻』が知っている……。

別に、のんびり寛《くつろ》ぐ為に部屋に戻ってきた訳じゃないわよ？　ママはこれでも忙しいんだから。やらなきゃいけない事、考えなきゃいけない事、もう仕事が山積みなんだもの。ほら、床に落ちてるモノを拾ったりね。

それはそうと。あの子との会話、殆《ほとん》ど成り立たなかったわね……。ママが一方的に喋《しゃべ》ってただけ。溜息が出ちゃう。

勿論、わかってたわ。何もかも、予測済み。想定の範囲内よ。逆に、あの子がにこにこ笑って返事をしてくれたり、ふんふんって相槌を打ってくれたりしたら、ママ、吃驚《びっくり》しちゃうわ。

でも……。最初からこうなるのがわかっていても、石像みたいに固まったままの横顔を見てると、凹《へこ》むわ。

それに、ちょっとだけ想定外の事もあったしね。あの子の反応があれ程薄いとは思わなかったの。もう少し、表情を変えるとか、足が鈍るとか、そういうのを想像していたのよね。だって、『檻』を逆走しているのよ？　多少、見てくれは変わってるかもしれないけれど、一度は通った場所なのよ？　なのに、あの子、何も……本当に何も感じていないみたいで。

感情表現が苦手なタイプっていうなら、それでいいのよ。ママ、個性は尊重する事にしているの。あの子の場合、その可能性も大アリですものね。

問題は、あの子が何もかも忘れてしまっていた場合よ。『檻』の事も含めて、記憶の大半を失っていたから、一度通った場所なのにそうとわからなかった、そういうケース。考えにくいけれども、可能性としてはそれも「アリ」でしょう？　もしそうだったのなら、あの子がものすごく傷ついていたって事になるわ。もしも、こちらで考えていた以上に、あの子がボロボロだったとしたら……。

駄目駄目。弱気になっちゃ、駄目。少なくとも、あの子は自分の願いを覚えているんだもの。他の事だって、覚えてるんじゃないかしら。万が一、願い以外の全部を忘れてしまっていたとしても、きっと何とかなるわ。

ええ、何とかしてみせる。それがママのお仕事ですものね。

とにかく、注意深く見守るしかないわ。どんな些細《ささい》な変化も見逃さないように。

そうね、無駄話も大切ね。ちょっとした切っ掛けで、何かを思い出すかもしれないんだし。できるだけ話しかけるようにしましょう。聞き流されても、鬱陶《うっとう》しがられても、ママ、諦めないわ。……嫌われたら、悲しいけど。

さて、と。そろそろ『檻』に戻らなくっちゃ。まだ先は長いわ……。

第2章

風の音が聞こえる。砂の領域は続いていた。石造りの階段と、至る所が崩れた石の通路と。

「ここから先の道のりも長いわ。……わかっているだろうけど」

大量の砂が噴き出している壁こそ間近《まぢか》には無くなったものの、吹き付ける風は依然として砂混じりだった。薄茶色に煙《けぶ》る空にも少しばかり見飽きてきた。

ふと、少女が足を止めた。

「どうしたの?」

問いかけは無視されたが、視線の行き先で理由がわかった。通路の縁に黒い鳥が止まっている。見知っているモノが予想外の場所にあったせいで、戸惑ったのだろう。

「あんなところに黒い鳥が……よく気づいたわね」

少女が小走りに助走を付けて、跳ぶ。小柄な少女の足踏み程度では、たいした音も震動もなかったが、それでも黒い鳥は逃げるように飛び去った。

「『檻』にとって、奴等は害鳥なの。あちこち壊そうとするから、困ってるのよ」

カカシの中でも、黒い鳥は物語を壊す害鳥である。少女としては当然の行動だったのだろうが、「追い払ってくれて、ありがとう」と言い添えておいた。

少し進んだところで、少女が再び足を止めた。

「道が分かれているのね」

右の通路は緩やかに下方へと向かい、左は長い階段だった。

「ママは、右が当たりだと思うわ」

少女はそれを無視して、左の道、長い階段へと向かう。

「でも、左も当たりかもしれないわね」

行く手に黒い柱が見える。カカシだ。右の通路は下方へ向かっていたから、やはり左が正解かもしれない。だが、長い階段の先は折れ曲がっていて、カカシから離れていくようにも見える。

「つまり……よくわからないわ」

少し進んでみると、通路が合流しているのが見えた。合流した先は階段になっていて、その上に黒いカカシが佇《たたず》んでいる。どうやら、右も左も正解だったらしい。何も迷う事は無かった。

黒いカカシは扉を背にして立っていた。物語の修復を終えないと、扉は開かない。試した訳ではないが、そんな気がした。ここは、そういう場所だ……。

今度のカカシは、手にしているのが杖ではなく剣だからだろうか、どこか闘争的に見えた。剣の先端を空に向けている姿が、天を突き刺そうとしているかのようだ。

「あら、この武器は……」

似ている、と思った。少女も知っている筈だ。よく似た武器を持った人物を、カカシの中で見ているのだから。しかし、他人の武器になど興味が無いのか、少女は無表情でカカシを見上げている。

「取り敢えず、修復を始めましょうか。次はどんなお話かしら？」

そんな事はどうでもいいとでも言いたげに、少女はカカシに吸い込まれていった。

失ったもの「緑の故郷」

水と緑の豊かな国に、美しい黒髪の姉妹がいました。二人は森で狩りをしながら、助け合って暮らしていました。

ぎらついた色ではない、白っぽい色の空だった。至る所に緑の葉を茂らせた木々があり、手入れの行き届いた家々が立ち並んでいる。あの荒野の街とはえらい違いだ、と思う。花壇に咲く花と、その周囲を舞う蝶と。「美しい光景」とはこういうモノを指す言葉なのだろう。

遠くには、うっすらと雪をかぶった山が連なっている。その長い連なりで、山に囲まれた国らしいとわかる。

亡き両親に代わって、姉娘は妹に狩りを教えていました。森に生まれ、森で育った姉娘は類《たぐ》いまれな弓の使い手でした。強く美しい姉娘に憧れている妹は、覚えたばかりの弓を試したくて仕方ありません。姉娘は、自分を慕う妹の成長を温かく見守っていました。

背が高く、長い髪の娘が姉、その姉より少しばかり髪が短く、ずっと背が低い娘が妹。二人は何やら楽しげに話しているが、姉も妹もいない身としては、姉妹の間柄や機微《きび》などは想像がつかない。ただ楽しげだ、としか。

お姉ちゃん見てて、今日は私一人で獲物を仕留めるんだから、と妹が弓を手に森の中へと走って行く。それだけで、その先に何が起こるのか、想像が付いてしまった。姉と妹の心情には疎《うと》くとも、不幸や災いならばよくわかる。

ああ、やっぱり。妹の行き先には獣がいた。大きな獣だったが、おとなしく草を食《は》んでいる……ように見えた。実際のところ、獣が何をしているのか、妹にはわからなかったに違いない。彼女からは、獣の後ろ姿しか見えない。よーし、と妹が矢を番《つが》えた。……自分が何を敵に回そうとしているのか、全くわかっていない動作で。

妹が向かった先から、獣の雄叫《おたけ》びが轟《とどろ》きました。姉娘は妹を必死に探します。声の方角へと姉娘が走る。間に合わないのではないかという不安に顔を強ばらせながら。そう、悲鳴を聞いて駆けつけたのでは遅い。多くの場合は。

荒ぶった獣が、今にも妹に襲いかかろうとしていました。

黒い鳥が舞い降りる。獣の体が黒く膨れ上がった。野生の獣が黒い敵へと姿を変えた。実際の獣よりも小さいが、動きが速く、おまけに三体に増えている。

姿が変わったのは、獣だけではなかった。姉娘の髪が真っ白に変わっている。おまけに、片腕は義手、片足も義足。あの女、どこかで見たような……。

女の手には弓矢ではなく、長剣が握られていた。ここへ来る前に見た長剣、黒いカカシが持っていた武器だ。女は俊敏な動きで黒い敵に斬りつけた。その動作を見て思い出した。見覚えがあったのも道理だ。

高く跳躍し、落下の勢いを剣に乗せて斬り下ろす。敵が反撃する寸前に後退して距離を取る。そして、また一気に距離を詰めて……。ほんの少し前に見た戦い方だ。あの時は、一対一の戦いだったが、それが一対三になったとしても見間違えたりはしない。

前進と後退を繰り返しながら、女は確実に敵の命を削り取っていった。三体の敵が相次いで倒れ、戦いは終わった。

黒い鳥の群れが消え去ると、姉娘の姿は元に戻っていた。髪の色も、手にした武器も、そして、義肢も生身の手足となっていた。

獣は姉娘の矢を急所に受けて、逃げていきました。あんな巨大な獣を妹が一人で狩ることなどできるわけがありません。

妹が立ち上がり、姉娘にしがみついた。泣きじゃくる妹を、姉娘が優しく抱きしめる。怯《おび》える妹を見て、姉娘は自分の髪飾りを外し、妹につけてあげました。その美しい銀色の髪飾りは、母親の形見であり、妹がずっとほしがっていたものです。妹の顔はたちまち晴れて、「今度は私がお姉ちゃんを守ってあげるね」というのでした。

今回は、間に合った。姉妹は幸運に恵まれた。という事は、それを上回る災厄が二人を襲うのだろう。幸運の後には災いがやってくる。……多くの場合は。

＊

カカシが持っていた武器はゆっくりとその手を離れ、少女へと吸い込まれていった。その様子を眺めながら、何気無い体《てい》を装って話しかけてみる。

「今度の武器は、お姉さんのお話なのかしら。でも、あのお姉さん、前に何処《どこ》かで見たような……」

カカシが手にしていたのも、見覚えのある長剣だった。それを駆使して戦っていた人物がいた。一つ前のカカシの中に。少女はそれに気づいているだろうか？

「先へ進みましょう」

カカシの背後の扉は、少女が前に立つなり、手を触れもしないのに開いた。ほらやっぱり、と内心で呟《つぶや》く。物語の修復さえ済ませてしまえば、問題無く通行できる。『檻』はそういう場所だ。その筈だった。扉の向こう側にも、これまでと同じような通路が続いている筈だったのだが。

「この黒い壁は……」

通路を塞《ふさ》いでいたのは、大人の背丈《せたけ》程の黒い壁だった。細い板を組み上げたような、たいして頑丈そうにも見えない壁である。だが、破壊はできないだろう。よじ登ったり、飛び越えたりするのも不可能に違いなかった。何しろ、ここは『檻』である。

「どうして、黒いカカシの外に敵の影響が？」

これまで、敵の影響はカカシの中だけに限定されていた。だから、カカシの中へ入り、物語の修復をすれば、敵の影響は無くなった。時折、黒い鳥が現れて、その対応に苦慮する事はあったが、頻繁に起きた訳ではない。それに、『檻』に現れる鳥は概《おおむ》ね単独だった。群れからはぐれた鳥が、ちょっとした悪さをするといった類《たぐい》であったのだ。

少女が手を壁に近づける。カカシの時と同じよ、と教えるまでもない。この黒い粒子を纏《まと》っているモノには、形状の違いはあったとしても、修復の為の「作業」が必要になると理解しているのだろう。

ただ、黒いカカシ程には手間取らなかったらしい。その「作業」を終えて少女が戻ってくるまで、時間はかからなかった。少女の姿が実体化するのと同時に、黒い壁は輪郭を失い、塵《ちり》となって飛散した。

少女は再び走り始めた。何事も無かったかのように通路を進み、階段を上る。しかし、階段の上には、またも黒い壁が立ちはだかっていた。その向こうに黒いカカシが見える。

「仕方無いわ。進みながら片付けていきましょう」

この壁を片付けない事には、次のカカシに辿《たど》り着けないのだから。

失ったもの「姉妹の絆《きずな》」

狩りを終えた黒髪の姉妹は、日が傾く前に家へ戻ることにしました。この日の獲物は、妹が小さなウサギを一羽、姉娘が大きなイノシシを一頭。狩人の姉妹にとって、いつもどおりの成果、いつもと変わらない日常でした。

いつも、という言葉が二度も出てきた。いつもと異なる「何か」の予兆だ。嫌なモノを視るのだろうな、と少しばかり身構える。寝ぼけたような頭がまともに動くようになってみると、今度は考えたくもない事まで考えてしまう。

異変に気づいたのは、町を見下ろす丘へ出た時です。町には火の手が上がり、かすかに銃声が聞こえています。

行きには美しい光景だった。手入れの行き届いた家々と緑の木々や花に囲まれた、小さな町。それが、帰りには黒い煙と炎に包まれている。

姉娘の頭をよぎったのは、隣国で起こっていた戦争のこと。姉娘は妹にここにいるように言い置いて、町の様子を見に行く事にしました。

ヒトはなぜ、危険とわかっている場所へ踏み込まずにいられないのだろう？　町が危険なのは遠目に見ても明らかなのだから、様子など見に行くべきではない。そんな暇があるのなら、妹の手を引いて逃げ出すべきだ。……などと、詮無《せんな》い事を考える。これは記憶。すでに起こってしまった出来事。別の可能性など、考えるだけ無駄だった。

火の海となった町は、妙に静まりかえっていました。煙が渦巻く中で、姉娘は見たこともない凄惨《せいさん》な光景に息を飲みました。どちらを向いても、あるのは死体、死体、死体。

早く立ち去れ、と思う。町の中にはもう何も無い。誰もいない。だから、静まりかえっている。探索などするだけ無駄だし、危険だ。

案の定、姉娘の背後には武装した兵士がいた。まだ生き残りがいたのか、と苦々しげに吐き捨てて、兵士は剣を振りかぶる。姉娘が振り返ろうとした、まさにその時、黒い鳥が舞い降り、兵士に取り憑《つ》いた。

兵士の姿が消え、黒い敵が三体、現れた。小型だが動きが速い敵だ。これまでの敵よりも強そうに見える。だが、苦戦する事は無かった。義足の女の傍らには、杖を構えた少年と、銃を手にした機械兵がいた。

そうか。彼等《かれら》もまた物語の登場人物なのだから、この場で共に戦える。そうだった。こんなに単純で、重要な事を忘れていたとは。

他のカカシの中では、敵同士として戦っていた女と機械兵が、今回は味方として戦っている。だが、不思議と違和感は無い。ずっと以前から背中を守り合ってきた者同士のように、三人は連携の取れた動きで敵の体力を削り取っていった。

兵士を倒した姉娘の耳に声が聞こえます。走り寄ってきたのは、心配で追いかけてきた妹でした。

ヒトはなぜ、危険とわかっている場所に踏み込まずにいられないのかと、また同じ事を考えた。いや、妹のほうはまだ何が危険で何が安全か、理解できていないのだろう。そんな妹を一人残してくる事自体が間違っていた……。

敵国の兵士達は、たちまち二人を見つけ出した。いたぞ、あっちだ、という声が近づいてくる。追っ手は多数。至る所に上がる火の手が道を塞ぐ。逃げ切れる訳が無い。

周囲では、敵軍の兵士が叫び声をあげています。姉娘が思った通り、隣国の戦争がついにこの国にも火の手を伸ばしていたのでした。獲物を狩るように敵軍の兵士が取り囲みます。

黒い敵との戦いには勝利した。だが、それは義肢の女の話だ。黒髪の姉娘は、妹をかばって斬られた。狩人《かりゅうど》である彼女の武器が威力を発揮するのは森の獣に対してであって、武装した兵士達には無力だった。

衝撃、熱さ、痛み、妹の叫び声。途切れ行く意識の狭間《はざま》で、兵士達の口から出たある言葉が耳に残ります。それは、「選別」という言葉でした。

＊

「……今度の武器は戦争の話、ね」

穏やかに暮らしていた姉妹が戦火に巻き込まれる。よくある話といえば、よくある話には違いない。まして、戦いの道具が記憶している話だ。

「剣に残された記憶が、平穏な話である事のほうが稀《まれ》……。何だか悲しいわね」

白くなったカカシを後にして、走り続けると屋外だった。頭上には砂の色をした空、通路や階段は宙に架かる橋で、建物の外壁が壁のように視界を遮《さえぎ》る。通路の縁から下を覗《のぞ》いても、見えるのは砂煙ばかり。遙《はる》か下方から吹き上げてくる風の音は、これまでと変わらずに切なげだった。『檻』そのものが嘆きや悲しみを歌っているかのように。

嘆きと悲しみに心を震わせたのは、記憶の中の人物達だけじゃない。他にも……。

その時だった。気配を感じた。高い場所から。

「あ、あれ……」

隣の塔の上に立つ影が見える。二本の足で直立し、二本の腕を持っていたけれども、ヒトではない。先端が細くなっている脚や長い爪のある手、背中に生やした羽のようなモノ、つるりとした頭部、そこから生えた長い触覚。どれも昆虫の特徴を備えていた。だが、体長は成人男性と同等だったから、昆虫ではない。そう、「怪物」だ。

傍らの少女が顔色を変えた。声にならない声を上げ、「怪物」へと近寄ろうとする。少女に気づかせてしまったのは、失策だったか。驚きのあまり、声に出してしまったけれども、黙って通り過ぎるべきだったのかもしれない。

いや、その選択肢は無かった。「怪物」が目の前に飛び降りてきた。黙って通り過ぎようとしても、見逃してもらえなかったようだ。「怪物」は真っ直《ま》ぐ《す》に少女のほうへと向かい、長い爪を振り上げる。しかし、今にも少女を引き裂くと思えたそれは、唐突に止まった。

少女は「怪物」を静かに見上げている。刃物のような爪を鼻先に突きつけられているというのに、怯える様子は全く無い。

むしろ、「怪物」のほうが怯えているように見えた。爪を生やした手が、はっきりと震えている。息遣いが荒くなり、困惑したかのように頭を振っている。「怪物」が奇声を上げた。両腕で頭を抱え、苦しげに上体を反らしている。

しかし、それも束の間の事だった。「怪物」が跳んだ。階段の上へ、更《さら》にその上へと。

……逃げたのだ。

少女が弾かれたように走り出す。これまでに無い程の速さで階段を駆け上り、「怪物」の跳んでいった方向へと走っていく。少女がこんなにも感情を露《あら》わにしたのは、初めてではないだろうか。

階段を上りきり、見晴らしの良い高さから周囲を見回してみたが、黒い影のような姿はどこにも見当たらなかった。長い階段の踊り場まで一気に跳んで移動できるのだから、少女の足で追いつける筈が無い。

「……さっきの怪物、どこかに行っちゃったみたいね」

少女の顔からは表情が消えていた。胸の内では様々な感情が荒れ狂っているに違いないが、少女はそれらを表現する術《すべ》を持たない。

「さあ、次のカカシは目の前よ。気を取り直して、頑張りましょうね」

少女にかけてやれる言葉はそれだけだ。

失ったもの「負の現身」

黒髪の姉娘が気づくと、そこはモヤに包まれた世界。

この感覚には覚えがあった。ヒトが見る、夢。夢の中の出来事。

遠くから声が聞こえます。その声は、聞き慣れた妹のものによく似ているのに、聞き慣れない奇妙な音が混ざっていました。

助けを求める声だった。誰がどんな状況に置かれているのか、即座にわかる声だった。だが、ここは夢の中だ。

そうだ、妹を助けないと。

おぼろげだった記憶が、徐々に焦燥感《しょうそうかん》へと変わっていきます。妹をかばって受けた剣。戦場に一人残してきた妹の叫び。そして、王国の兵士達の言葉。

姉娘が覚束《おぼつか》ない足取りで進んでいく。霞《かす》む視界、遠い声、その先に待つモノへの不安。もうわかっているだろうに、認めたくないのだろう。認めてしまえば、受け入れる事になる。受け入れてしまえば、見捨てる事になる。姉娘の気持ちは痛い程に伝わってきた。

たった一人の妹。たった一人の家族。どうか、どうか……。

その願いは叶《かな》わない。敵の数は圧倒的だった。殺意を隠そうともしなかった。王国の為にという言葉一つで、どんな悪逆な行為もやってのける連中だった。結果は明白だ。

やがて、姉娘は白い光に包まれていき……。

ああ、夢が終わる。白い光は覚醒《かくせい》の兆し。ヒトの見る夢は儚《はかな》い。

目覚めた時、黒髪の姉娘は、見知らぬ牢獄に横たわっていました。姉娘は違和感を覚えます。そして、自分の手足を眺め、愕然としました。自分の片腕、片足が機械になっており、黒くつややかだった髪が真っ白になっていたのです。

義肢の女、だ。荒野の街で賞金稼ぎを倒し、荒れ果てた教会で機械兵と戦い、少年の骸《むくろ》を葬った女は、黒髪の姉娘の成れの果てだった。

……妹は⁉

姉娘は妹を探す為に薄暗い牢獄を駆け出します。いとも容易《たやす》く扉を蹴破り、音を聞きつけて現れた兵士をもひと蹴りで倒してしまいました。

あの身のこなし。黒い敵を難無く倒した、長剣の使い手の動きだった。ただ、一つだけ異なるのは、戸惑いと畏《おそ》れの色。眉一つ動かさずに賞金稼ぎを殺した義肢の女と違って、姉娘は人を殺《あや》めた己に動揺している。

そして、自分の身体に何が起きたのか、ようやく気づきます。恐ろしい兵器となった姿を闇が包んでいきました……。

黒い鳥の群れが取り憑いたのは、義肢となった姉娘自身だった。がっくりと膝をついた姿が膨れ上がり、黒い粒子となって弾け飛ぶ。

現れた黒い敵を倒すのも、義肢の女。機械兵と少年もいる。ただ、壊れた物語を修復しても、彼等に幸せな日々が戻る訳ではない。姉娘の末路が変わる訳でもない……。

まだ息のあった兵士に、妹の事を問い詰めると、彼は笑いながら全てを語り始めました。それは、他国へ侵略を続ける、この王国の恐ろしい計画。捕らえた人間を殺戮《さつりく》用の機械兵とするための人体改造実験……「選別」を行っているということ。

黒髪が真っ白に変わったのも、腕や足が失われて義肢となったのも、過酷な改造実験のせいだったのか。

お前は失敗作だ……。そう言って兵士は息絶えました。姉娘は駆け出します。考えてはいけない。考えてはいけない。考えてはいけない。そうつぶやきながら。最悪の未来を振り払うように。

自身の姿でさえ変わってしまったのだ。まして、力の無い、弱い存在である妹が同じ姿でいられる筈が無いと、心の底では気づいているに違いなかった。振り払っても振り払っても、最悪の未来はそこに在る。

それでも、会いたいと願うのだろう。たとえ、自分に出来る事など一つも残っていないとしても。

それでも、彼女は足掻《あが》くのだろう。もう一度会いたい、時間を巻き戻したい、そう願う気持ち一つで足掻き続けるのだろう。

＊

カカシから戻ってきた少女の顔が変わったように見えた。ほんの少しだけ。

「この武器の女の人の記憶……」

また少しだけ、少女の表情が揺れる。カカシの中で見た記憶に、何か思う所があったのかもしれない。

「彼女が手足を失ったのは、暗い過去のせいなのね」

ただ、変化もそこまでだった。池に小石を投げ込んだようなもので、水面《みなも》の漣《さざなみ》は時間が経てば消える。何かに心を動かされても、それは一時的なモノだ。少女が全てを取り戻さない限り。

「ともかく、この『檻』の記憶は次で最後よ。あと一息、がんばりましょう」

通路の先を黒い壁が塞いでいる。その更に先にも、黒い壁が見える。一見したところ、黒い鳥はいないが、敵の妨害は手を替え品を替え続くらしい。

うんざりしちゃうわね、と口に出しかけた愚痴を急いで引っ込める。愚痴は往々にして人の気持ちを萎《な》えさせる。厄介な事に、否定的な言葉は肯定的な言葉よりも、「出たがり」だったりするから、気をつけなければ。

「見て。砂粒が星みたいに光ってるわ。綺麗ね」

とはいえ、肯定的な言葉であっても、聞いてもらえるとは限らない。少女は振り向きもせずに階段を上っていった。

失ったもの「悲憤の牢」

薄暗い牢獄を脱出した義肢の娘が見たのは、炎と血で赤く染まった町。そこは、見たことがない外国の地でした。

極端に色彩が変わる物語だ、と思う。緑の木々に囲まれた美しい景色から、薄闇を戦火が焦がす町へ、更に白い靄《もや》に包まれた夢の中、黒と灰色の牢獄……。今また色彩は赤へと変わった。炎に包まれる石造りの家々、至る所に飛散している血と肉片。嫌な赤だ。

妹を探さなくては。

無我夢中で義肢の娘は走り続けます。

炎と血の色を見れば、探しても無駄だとわかりそうなものだ。故郷の町と同じく、ここは虐殺と破壊が行われた町。妹はまだ、自分よりも大きな獣を仕留める事ができなかった。ここで生き延びるなど不可能だ。……姉娘の知る妹であるならば。

姉娘の行く手を武装した兵士が阻む。失敗作が逃げ出したか、と叫んで剣を向けてくる。黒い鳥に取り憑かれた兵士の身体が膨れ上がり、黒い粒子へと変わった。記憶の破損箇所がここであった事、黒い鳥に取り憑かれたのが敵兵であった事に、安堵《あんど》した。こいつなら、いい。殺し合う相手がこいつなら。

冷たい表情を顔に貼り付けた義肢の女は、大小様々な黒い敵をあっさりと蹴散らした。その身のこなしは姉娘と同じでも、表情はまるで別人だ。人を殺《あや》めた事への戸惑いも無ければ、妹を助けなければという焦りも無い。機械兵のように、いや、機械兵以上に無表情だった。

だが、戦いが終わった後、その場に立っていたのは姉娘だった。髪は白くなり、身体は義肢に変わっていたが、彼女は妹の無事をひたすら願う、心優しい姉の顔をしていた。

子供の叫び声のような音。それを聞いた義肢の娘は駆け出しました。

炎の熱さにも頓着せず、髪を焦がす火の粉を振り払うでもなく、ただただ姉娘は走る。叫び声のほうへと。狂ったような笑い声のほうへと。近づくにつれて、足許《あしもと》に転がる死体の数が増えている事に、姉娘は気づいていただろうか？

そこにいたのは、「選別」を経て面影を失った妹。

白い髪を返り血で染め、機械となった両手で肉の塊を……人間だったと思われるモノを握り潰しながら、妹は笑っていた。半開きの口から言葉と思《おぼ》しき音が漏れている。モット殺シテミタイ、と。

姉娘に気づいた妹が、奇声を上げて襲いかかってくる。目の前に居るのが誰なのか、わからないのだ。

人体改造を経ても、姉娘は自我を保っていた。しかし、幼く、体力も無い妹のほうはその過酷さに耐えられなかった。記憶を失い、正気を失い、肥大した破壊衝動だけで動く殺人機械へと変わってしまった。

再び黒い鳥の群れが現れ、妹に取り憑いた。物語を更に歪《ゆが》めようとしているのだろう。

姉と妹が殺し合う、そんな陰惨な物語へ書き換えようとしているのだ。

修復しなければ。物語が本来あるべき姿に。たとえ、救いの無い結末に変わりが無いとしても。

目の前が切り替わり、修復の為の戦いが始まった。相対しているのは黒い敵ではなく、改造された妹の姿をしている。機械兵との戦いもそうだった。最後のカカシの中では、黒い敵ではなく、機械兵自身と戦った。そうだ、物語の結末を修復する作業には、そういうモノもあったっけ……。

改造された妹も強かったが、義肢の女はそれ以上に強かった。手こずる事もなく戦いが終わり、姉娘と妹は再び火の粉と血の臭いに包まれて立っていた。

変わり果てた妹が、何かを思い出そうとするように震えていました。

妹の口が先刻までとは違った形に動いている。切れ切れの声は確かに「おねえちゃん」と聞こえた。姉娘が駆け寄ろうとした時だった。敵、王国兵の声がした。こっちに失敗作が二体いるぞ、と。

王国兵が剣を振りかぶる。長い剣だった。剣先から妹までの距離を一瞬で詰めてしまえる程。姉娘が動くよりも先に、刃が妹を捉えた。

妹がその場に固まったように見えた。今回は間に合わなかった。姉娘は妹を救い出せなかった。

目の前で愛する妹を殺された義肢の娘は我を失いました。王国兵が原形を留めない肉塊となってもなお、義肢の娘は自分を止められませんでした。

襲いかかってきた時には大きく見えた身体も、動かなくなってみれば小さな身体だった。

お姉ちゃん、怖かったよう、としがみついてきた時と同じ、妹の身体だった。

姉娘は妹を大切に抱き上げ、血に濡れた顔を見つめました。お揃いだった自慢の美しい黒髪は、二人とも白くなり果てました。しかし、妹の髪には姉娘がつけてやった髪飾りがまだ光っていました。戻らない時間に、独り取り残された義肢の娘は妹のために誓います。王国の血が絶えるまで、復讐の火を燃やし続けると。

しかし、復讐の火には色が無い。姉娘の顔には何も無かった。怒りの色も、悲しみの色も、憎しみの色も、何もかもが見えなくなった無色透明の表情。それは、紛れもなく義肢の女の顔だった。

＊

カカシから黒い色が抜け、少女が戻ってきた。この剣にまつわる記憶は修復された。最愛の妹を喪《うしな》った姉の物語は在るべき姿に戻った。

「人が生きていくには目標、希望が必要だわ」

物語が結末を迎えても、独りぼっちになった姉は生きていかねばならなかった。彼女の人生の終わりは、まだまだ先だったから。

「彼女にとっては、復讐こそが生きる希望だったのね……」

それが無ければ生きていけなかった。痛ましい話だ。

「『希望』。何かを希《こいねが》い、前へと進む心」

カカシの抱えていた長剣が輪郭を失い、小さな欠片《かけら》に変わった。明るい光を帯びた欠片の名は、希望。それは少女の手の中へと吸い込まれていった。

「取り戻さなくてはならない物はまだある……」

少女が取り戻したのは、まだ「意思」と「希望」の二つだけだ。

「行きましょう。次なる欠片が貴方を待っているわ」

すっかり見慣れた螺旋《らせん》階段が上空から降りてくる。鐘が四回、鳴った。天から降り注ぐようなその音に送り出されながら、少女は階段を駆け上がっていった。

欠片《かけら》の回収は順調よ。って、まだ二つだけど。でも、欠片は二つでも、カカシの中での作業はもう八回もこなしているんだもの。たいしたものよね。直視するのが辛い物語もあったでしょうに、あの子、ちっとも手を抜いたりしないのよ。どれも綺麗に直ってたわ。もっと褒《ほ》めてあげれば良かったかも。あの子、ママの話には殆ど耳を貸してくれないものだから、つい、言葉少なになってしまって。褒める時は、ちゃんと褒めなきゃ駄目よね。気をつけるわ。

そうだわ。ご褒美を上げるのは、どうかしら？　頑張ったご褒美。何か修復作業に役立つモノでも見繕《みつくろ》ってみるわ。……喜んでくれるといいんだけど。

本当にあの子、頑張ってるわよね。そのうち、他の仕事も手伝ってもらおうと思うの。あの子なら、きっと上手くやってくれるわ。ママも大助かりだし、あの子自身も強くなれる筈。うん、折を見てお願いしてみましょう。

それはそうと、カカシの外にまで「敵」が手を広げていたわ。前々から、黒い鳥を見かけてはいたけれど、ちょっと脅かせば逃げていったでしょ？　すっかり油断していたのよ。黒いカカシさえ監視していれば問題無いって。まさか、通路を塞《ふさ》ごうとするなんて。鳥みたいに追い払う訳にもいかないし。

今のところ、あの子が片付けてくれているから、問題は無いけれど。でも、邪魔なのは確かよね。黒い柵の向こうにまた黒い柵が見えた時には、あの子もちょっとうんざりしてたみたい。

この先、もっと妨害が酷《ひど》くなるようなら、何か手を打つ必要があるかもしれないわ。それでなくても厄介《やっかい》な仕事なのに、敵の妨害工作にまで対処しなきゃいけないなんてね。ほんと、ツイてないわ。

あの子がもう少し打ち解けてくれてたら、もっと張り切ってお仕事できるのにねえ。キモチ的に。ううん、あの子のせいじゃないわね。わかってるのよ。わかっちゃいるんだけど……。

ごめんなさい。報告の筈が愚痴ばっかりね。反省。次は、もっと良い報告ができるように努力するつもりよ。え？　つもりじゃダメ？　そうね。努力します。……これで、良いかしら？

第3章

砂の匂いが俄《にわか》に強くなった。土や泥とは少しばかり異なり、岩や石とは明らかに違う何かが嗅覚を刺激してくる。

「砂が……こんなに」

大量の砂が目の前を流れ落ちているせいだった。どこか上の方に、例の砂を吐き出す口、それも相当大きな口が四つあるのだろう。通路の右と左に、砂の滝が二本ずつ。朦々《もうもう》と砂煙が上がり、遙《はる》か下から地鳴りにも似た音が響いてくる。この先も砂の領域が続くのだと思うと、うんざりしてきた。

ちょっとくらい変化があればいいのに、などと思いながら傍《かたわ》らの少女を見る。その横顔に不満の色は無い。真《ま》っ直《す》ぐに前だけを見て走り続ける姿に、我《わ》が儘《まま》な事ばかり考えてしまう自分を恥じた。

偉いわ、ママも見習わなくっちゃね、と言おうとした時だった。

「あれは？　道の向こうに何か見えるわね」

通路の前方に、複数の黒い影が見える。ヒトにしては、ずんぐりした輪郭だった。近づくにつれて、頭部に突起があるのがわかった。クチバシ状の突起が。

「鳥の置物……かしら？」

砂を固めたような質感の像は、少女よりも大きく、進路を阻《はば》むかのように配置されている。

「あっ！」

少女の肩が僅《わず》かに掠《かす》めた瞬間、置物は崩れて粉々になった。後には砂の山が残されたが、それだけだ。敵が設置したモノではないから、襲ってきたりはしない。

「壊れちゃった」

少女が砂の山を跨《また》ぎ越していく。せいせいしたとでも言いたげな表情に見えたのは、気のせいだろうか。

「……誰にも見られてない……わよね、うん」

本当は壊さないほうが望ましかったのだと仄《ほの》めかしたつもりだったが、少女には全く伝わらなかったようだ。まあ、仕方が無い。

砂塗《まみ》れの通路を抜けると、また屋外に出た。通路と階段の先に、一際《ひときわ》大きな建造物がある。

「まるで、お城みたい」

或《あ》るいは、砦か。その入り口を守るかのように、黒いカカシが立っている。

「あのカカシの記憶を直したら、お城にお邪魔してみましょう」

通路は、大きな建造物の中へと続いている。先へ進むには、「お城にお邪魔」しなければならないのだ。

「あ……。待って」

少女が予想外の行動に出た。カカシを素通りして建造物の中へ入ろうとしたのだ。「お城にお邪魔」などと余計な事を言ってしまった為に、気が急《せ》いたのかもしれない。少女にしては珍しい。

しかし、建造物の扉は閉ざされていた。少女が近づいても、押し開けようとしても、扉は微動だにしなかった。

「やっぱり、開かないみたいね」

例によって、黒いカカシを白くしなければ開かないのだ。『檻』ではあらゆる事柄に、厳格な順番や面倒な手順がある。

「気持ちはわかるけど、いつも通り黒いカカシの方を片付けてからね」

少女は俯《うつむ》き加減のまま、踵《きびす》を返した。

黒いカカシに目鼻が無くて良かった、と思う。もしもあったとしたら、きっと底意地の悪い笑みを浮かべているに違いないから。そんなモノを少女に見せたくない。

「この銃は……」

先刻のカカシは長い剣を抱えていたが、目の前のカカシは大きな銃を手にしている。これもまた見覚えのある武器だった。少女は相変わらず無反応だったが、実際のところは気づいているのではないか？

「とにかく、修復を始めましょう」

見た目の印象よりもずっと、少女は状況を把握している。そんな気がした。

囚《とら》われの人形「つめたい孤独」

とある王城の地下倉庫。

倉庫とは、使っていないモノをしまっておく場所。今は使わないが、いずれ使うかもしれない道具や、特別な機会にだけ使う品々を、劣化しないように保管しておく、そういう場所……だった筈だ。しかし、その地下倉庫とやらは、二度と使わないであろう品々で溢《あふ》れ返っていた。それらが乱雑に散らかっている様子はまるで……まるで……そう、ゴミ捨て場のようだ。

唐突に、脳裏をよぎる光景があった。ここは全く似ていないのに、なぜ？　地下だから？　捨てられたモノ達が潜む場所だから？　……わからない。記憶というモノは厄介《やっかい》だ。どうでもいいような事柄が、勝手に浮かんでくる。それどころか、思い出したくも無い事柄に限って、不意打ちのように蘇《よみがえ》ったりするのだ。

ガラクタに紛れ、機械の兵士が眠っている。この部屋の中で、彼の時間は止まっていた。その日、ある少年と出会うまでは。

機械の兵士の風貌《ふうぼう》には見覚えがあった。骸《むくろ》となった主を守り、義肢《ぎし》の女に倒された……あの機械兵だ。その姿は、眠っているというよりも死んでいるかのように見える。燃料が切れたか、どこか故障したか。だが、機械兵はまだ生きていた。

地下倉庫の扉が蹴り開けられる。お前はここでおとなしくしていろ、という声がした。横柄で、いけ好かない声だ。機械兵がびくりと動く。

扉を開けたのと同じ荒っぽさで放り込まれたのは、小柄な少年だった。荒野の街で機械兵が付き添っていた、病身の王子だ。抵抗するどころか、悲鳴を上げる気力すら無かったのか、少年は無言のまま倉庫の中へと倒れ込んだ。

機械兵がゆっくりと立ち上がる。ニンゲンを救助する仕様になっているのか、不審なモノは調べずにいられないのか、機械兵は少年へと歩み寄った。どうやら、これは、彼等が出会った時の物語らしい。

少年はぐったりとして、起き上がる気力もないようだった。少年は消え入りそうな声で呟《つぶや》く。「休ませてくれ……」と。

荒野の街に現れた時よりも、少年は衰弱しているように見えた。時間的に考えれば、こちらのほうが過去なのだから、あの時より多少なりとも健康である筈なのに。何より、少年の顔には表情らしきモノが無かった。強いて挙げるなら、疲労の色だけがあった。このまま放置すれば、遠からず少年は衰弱死するだろう。

見かねた男は、休む場所を作ろうと、ガラクタを漁《あさ》ることにした。

機械兵が引っ張り出したのは、汚れた木材、くすんだ布きれ、錆《さ》びた工具。どれも役に立ちそうに無いモノばかり。それでも諦めずに、機械兵は探索を続けている。

ガラクタを漁っていると、突然、廃棄された兵器が動き始めた……。

機械の残骸に、黒い鳥が取り憑《つ》いたのだ。錆だらけの屑鉄が黒く染まり、弾けて、周囲を黒く塗り潰す。

ただ、現れた黒い敵は、これまでとは少々異なっていた。表面には凹凸《おうとつ》があり、白っぽい輝《ひび》が走っている。六本の脚は先端が細くなっていて、ヒト型でもなければ獣型でもなかった。脚の本数といい、這い回るような動き方といい、それはどこから見ても昆虫そのものだった。昆虫にあるまじき大きさではあるものの。

三匹の虫けらが尖った脚を振り上げて、機械兵に襲いかかった。巨大な体を細い脚だけで支えている分、動きのほうは鈍いかと思ったが、虫けら共は俊敏だった。

しかし、機械兵は全く動じる事は無かった。試すように幾度か発砲して敵の急所や弱点を把握した後は、淡々と銃弾を撃ち込んでいった。銃口が火を噴くたびに、虫けらの動きは鈍っていき、やがて巨大な体は無様《ぶざま》に潰れ、飛散した。

男は集めたガラクタで、不格好なベッドをこしらえた。

不格好であっても、寝床はあったほうがいい。冷たく硬い床に俯したままでは、少年はますます衰弱してしまうだろう。ああ、そうだったのか。荒野の街に現れた時の少年が、今よりも元気に見えた理由がわかった。機械兵が付き添って、世話を焼いていたからだ。いや、それだけではないな、と思う。少年のほうも機械兵を気遣って、元気を装っていたのだろう。ニンゲンは子供であっても、時折、そうした無理をする。大丈夫、と苦しげに笑った顔が脳裏をよぎった。

男の助けを借りて、少年はベッドへと向かう。少年はお礼を言うと、男を見つめ、いくつか質問を投げかけた。名前は？　なぜここに？　と問われた。男が名乗った名は、

国が作った戦争用の「機械兵」、その初号機の名前。

だろうな、と思った。あの高い運動性能や殺傷能力は、最初から兵器として造られていたからこそ。破壊し、殺戮《さつりく》する事だけを目的として、彼は生み出された。

少年は薄く微笑み返す。

「僕はこの国の第一王子……だった人間だ」

男は戦争で指令を完遂《かんすい》できず、欠陥品として捨てられたと答えた。少年は生まれつきの持病が悪化し、見限られ、捨てられたのだと返す。「僕たち似たもの同士だね」と少年は悲しそうに微笑んだ。

俄作《にわか》りのベッドに腰掛けていた少年の上体が横に傾いていく。身体を真っ直ぐにしているだけでも疲れるのだろう。最初は遠慮がちに機械兵にもたれ掛かっていた少年だが、いつしかその重さを全て預けていた。

しゃべり疲れたのか、やがて少年は眠りに落ちる。安心した顔を横目に、男はただそこに座り続けた。

荒野の街に現れた男は、どこから見ても護衛の兵士だった。少年を守りながら戦い、決して捨て身の攻撃を仕掛けたりはしなかった。自分がいなくなれば、少年を守る者がいなくなる。だが、この時点ではまだ、機械兵は守る者を得たばかり。

傍らに誰かがいる。誰かと共に在る。それを知ったばかりの者は、こんな顔をして、こんなふうに振る舞うのか……。

＊

機械兵が手にしていた銃が、少女の手へと収まった。

「銃を持った機械兵のお話……。あの杖の子と出会った頃の記憶みたい」

最初のカカシは、機械兵と王子が旅をして死ぬまでの物語。次のカカシは、機械兵を倒した女の過去。そして、三番目のカカシは機械兵と王子の過去。三つのカカシの物語は、過去へ過去へと進んでいる。

結末がわかっている物語を遡《さかのぼ》るのは、どこか切ない。あの三人が、決して幸せとは言えない未来へ進んでいくのを目の当たりにするのは。

尤《もっと》も、今の少女には関わりの無い事だ。少女の目的は別の所にあるのだから。

「それじゃあ、お城に向かってみましょうか」

少女が前に立つと、今度こそ扉は音を立てて開いた。待っていましたよ、とでも言わんばかりに。ただ、扉は開いても、その先は違った。

「歓迎って雰囲気じゃあなさそうね」

まず目の前にあったのは、あの柵とも壁ともつかない、黒い障害物である。少女が手順通りに破壊すると、その先には鳥を象《かたど》った像が並んでいた。こちらは、少女が触れれば崩れてしまうから、問題は無い。ただ真っ直ぐに進むだけでいい。

「邪魔な物は壊して前へ……ふふ、若さの特権よね」

口に出した後で、少女を「若い」と言い切ってしまうには些《いささ》か語弊がある言い方だったと気づいた。それに、鳥の像にしても「邪魔」にすらなっていない。そこに置かれているのが気の毒になるくらい、呆気《あっけ》なく像は壊れていった。

「先を急ぎましょう」

だが、その言葉を嘲笑《あざわら》うかのように、鳥の像の先に、またも黒い障害物があった。

「あの黒い壁も、体当たりで壊せたらいいのに」

敵が設置した障害物である以上、そう容易《たやす》くはいかない。いちいち少女が障害物の中へと入っていき、敵を排除するというやり方でしか壊せないのだ。

障害物を撤去し、黒い鳥を追い払い、ひたすら先へ進む。延々と続く砂色の景色の中、延々と同じ作業が続く。無駄話でもしていないと、気が滅入る。

「それにしても……」

そんな気持ちを察してくれた訳ではないだろうが、周囲の様子が少しばかり変化した。仮に、こちらの気分を察してくれたのだとしたら、あまり有り難くない気遣いだ。

「何だか変わった部屋に来たわね」

部屋というモノが、床と壁と天井で出来ていると定義するとしたら、その定義に逆らう事を目的として設計したのかもしれない。部屋の中は通路と階段ばかりが目立ち、「床」は極端なまでに排除されている。部屋の端から端までが床であれば、ただ真っ直ぐに進めばいいのに、それが通路と階段に化けてしまったせいで、余計な遠回りを強いられる……そんな部屋だ。

遠回りさせられただけではない。通路は途中で塞がれていた。

「やっぱり、招かれざる客……って事なのかしらね」

邪魔をしてきたのは黒い壁でも、鳥の像でもない。砂の帳《とばり》だった。大量の砂が滝のように通路へ降り注いでいるのだ。相当な高所から落ちてきているのか、砂は地響きにも似た音を立てて、石の通路を叩いている。音だけではない。足許から微《かす》かな震動まで伝わってくる。

「これじゃあ、通れそうにないわね」

たかが砂とはいえ、これだけの量と勢いである。無理に突っ切ろうとすれば、小柄な少女などたちまち押し潰されてしまうだろう。

「どうにかして、砂をせき止められないかしら？」

方法は必ずある。ここで通路が途切れていてはならないのだから。黒い敵の妨害はあるにせよ、先へ進めない程、深刻な事態には陥っていない筈だ……。

少女が何か思い出したような様子で、傍らの階段を上った。はっきりとした目的のある足取りである。とはいえ、階段の先もまた砂の帳で塞がれているのが見える。迂回路《うかいろ》にはなり得ないのが明らかなのに、なぜ、少女はそこへ向かおうとしているのだろう？

と、少女が踊り場で足を止めた。踊り場の隅には、小さな石柱があった。少女の鳩尾《みぞおち》くらいの高さで、上部がぼんやりと光っている。

「なあに？　あら？　スイッチね、それ」

少女が手のひらでスイッチを押すと、石柱全体に光が走った。階段の先を塞いでいた砂の帳が消えている。砂の排出を止める仕掛けが作動したらしい。

少女が階段を駆け上り、奥へと進んでいく。その突き当たりには、同じ形状の石柱がある。

「こっちにもスイッチね」

石柱全体に光が走り、静寂が訪れた。轟音を立てて流れ落ちていた砂が完全に止まったのだ。

「成る程、これで最初の道が進めるのね」

一度は通った事があるとはいえ、『檻』は広い。この手の仕掛けをいちいち覚えていられる筈が無いから、思い出したのではなく、今ここで考えたのだろう。それだけ必死になっている、という事だ。先へ、一刻も早く先へ。少女の頭の中を占めているのは、それだけなのだと、改めて思った。

「さあ、見つけたわね。黒いカカシよ」

黒い粒子が立ち上る先へと、少女は真っ直ぐに駆けていった。

囚われの人形「あたたかな歌」

寒さが体に障ったのか、少年の体調は徐々に悪化した。

この前と同じ部屋、寒々しい地下倉庫だった。不格好なベッドに、少年が腰掛けている。

ただ、病の少年よりも、所在無げに立っている機械兵のほうが痛々しく見えてしまうのは、なぜだろう？

部屋を見回すと、ガラクタの奥に薬瓶らしきものが見える。

機械兵が薬瓶へと駆け寄っていく。わかった。何かしてやりたいのに、何もしてやれない、その手詰まりな様子が痛々しいのだ。役にも立たないガラクタに希望を見出そうとする、その姿が。

瓶を手にとってラベルを見ると、中身は猛毒のガス兵器だった……。

黒い鳥が舞い降りる。役に立たない瓶、機械兵の希望を断ち切った瓶に、黒い鳥が取り憑く。よりにもよって、そこかと思う。連中のやり方は、いつも同じだ。登場人物達がより苦しみ、より悲しむように物語を歪《ゆが》めようとする。実際には違うのかもしれないが、そうしているように見える。

男は少年のために薬探しを続ける。壁際に散乱するガラクタの先にも倉庫が広がっているようだ。

機械兵は、倉庫の広さすら把握していなかったらしい。少年がここにやってくるまで、彼はじっと座っているだけだった。倉庫を隅々まで探索しようと考えた事など無かったのだろう。

棚に並ぶ瓶を手に取り、少年が待つベッドへと戻る。受け取った薬瓶を見て、少年がクスクスと笑う。

「空の瓶じゃ、病気は治らないよ」

男はキョトンとした顔をする。

わからないのも道理だ。機械は病に罹《かか》らない。故障や不調はあっても、ニンゲンの病とは違う。「病のニンゲンには薬瓶が必要」という情報が偶々《たまたま》組み込まれていたに過ぎないのだ。ニンゲンの治し方はニンゲンにしかわからない。たぶん。

「そうだ」と声をあげ、何かを思いついたように少年が立ち上がる。少年は瓶の中にロウソクを入れ、ランプに変身させた。

薄暗い倉庫の中に明かりが灯る。ちっぽけな光だが、そこだけが暖かく見える。

そして、小さな声である歌を歌い始めた……。

「勇者は剣を抜く　己の意志の力で　世界に満ちる暗黒が　行く手を阻もうとも　恐怖に支配された民を　救いの光で導くために」

それは、勇者が民を想い、魔王に挑む歌……。

ニンゲンの治し方はニンゲンにしかわからないだろうが、ニンゲンの歌はニンゲンでなくても聴き取れる。歌の意味がピンとこなくても、歌に込められた思いはわかる……筈だ。

暖かに揺らぐランプの灯《ともしび》。男はじっと考えている。

「ありがとう」

男の中にあるはずもない言葉があふれた。キョトンとした少年の顔が、一生分と思える笑顔に変わる。

ニンゲンの笑顔は、ニンゲンでない者をも温かな気持ちにする。

凍えるような部屋の片隅で、彼等は今、同じ体温を感じていた。

機械の男は今、温かな気持ちで満たされているだろう。たとえ、機械に心や体温が無かったとしても。

＊

狭く、急な階段が緩やかな弧を描きながら、どこまでもどこまでも続いていた。

「随分と危ない階段……」

階段には手摺《てす》りも柵も無かった。

「これも、侵入者を遠ざける効果はありそうだけど」

残念ながら、黒い敵を遠ざけるには至らない。それに、鳥となって現れる敵には、「危ない階段」などそもそも無意味だ。だとしたら、何を遠ざける為の仕様なのだろう？

「やっぱり『檻』はつくづく謎だらけだわ」

いつの間にか、頭上から「天井」が消えていた。建物の外に出たのだ。それでも、まだ階段は続く。どこまで続くのだろう、と階段を見上げた時だった。

「あら、あれって……」

ほんの少し先に、黒い影がある。昆虫を思わせる羽に、先端が細くなっている肢《あし》。長い爪の生えた手。

「前に襲ってきた怪物！」

思わず叫び声を上げてしまった。それが不快だったのか、怪物は回れ右をして階段を上っていく。

「追いかけるの？」

答えの代わりであるかのように、少女が階段を駆け上がる。逃げようとは思わないらしい。尤も、逃げたところで怪物がその気になれば、すぐに捕まってしまうだろう。少女はそれ程速くは走れない。

だから、こちらが追いかけたとしても逃げられてしまう筈。この前のように……と思ったが、そうはならなかった。怪物が立ち止まり、振り返ったのだ。

「あの怪物……まるで、私達を呼んでいるような？」

少女が近づくと、また怪物は走り出す。呼んでいるというよりも、追いかけっこだ。そうやって、つかず離れずで走っていくと、壁に突き当たった。行き止まりではない。細い梯子《はしご》が掛けてある。勿論、怪物は梯子など使わずに、ひとっ飛びで壁の上へと消えた。

少女が懸命に梯子を昇る。だが、所詮《しょせん》は怪物と人間、移動速度がまるで違う。ようやく壁の上へと辿《たど》り着いた時には、怪物はいなくなっていた。

壁の上には通路が続いている。その先には、黒いカカシが立っている。ただ、辺りを見回してみても、怪物の姿は無い。

「今は、あのカカシを片付けましょうか」

諦めきれないのか、少女がカカシの横をすり抜けて先へ進もうとする。……と言っても、その先へは進めない。カカシを直すまで、扉は閉ざされたままだ。

「気持ちはわかるけど……ね？」

扉を見上げる少女に、そっと声をかける。少女はとぼとぼとカカシの前へと戻った。

囚われの人形「ふたつの心」

不格好なベッドに、少年と機械兵が腰掛けている。外から何やら声がする。また戦争か、次はどこの国だ、と。その声に、少年が立ち上がった。居ても立っても居られない、といった様子だった。

聞こえてくる兵士たちの噂話。王国がまた開戦を宣言したらしい。

遅れて立ち上がった機械兵が少年へと近づく。

少年は男の目を見据え、自らの気持ちを言葉にする。父王に怯《おび》え、言いなりとなって戦争に加担してしまった後悔を。戦争から民を守るために、父王を止めたいのだと。

強い意志が少年の瞳に灯っていた。

機械兵の瞳にも同じ火が灯った。心も無く、体温も無い筈の機械の男に、ニンゲンと同じ意志が宿ったかに見えた。

機械兵は少年を下がらせると、その拳を扉に叩きつけた。かつて彼がどのような兵器だったのかは知らないが、堅牢な扉を一撃で破ったのだから、相当な破壊力を付与されていたに違いない。

男が扉を破壊すると、少年も後に続く。

地下倉庫を脱出した少年と機械兵は、ひたすら走り続けている。連れ立って階段を上り、通路を駆け抜ける姿……。あれは、まるで……。

玉座の間はこの先だ、急ごう、と少年が機械兵にささやいている。そうだった。ここは、少年にとって見知った場所。迷ったりしない。案内も要らない。それが少しばかり……羨《うらや》ましい。

二人の行く手に見張りの兵士が現れた。少年はこの国の王子。誰もが顔を知っている。見張りの兵士は、少年と機械兵が何をしようとしているか、即座に見抜いたに違いなかった。兵士が剣を抜き、「この先には行かせん！」と叫ぶ。そこへ黒い鳥が舞い降りた。ここで物語を歪め、壊す為に。

そんな事はさせない。彼等の物語はまだ続く。ここで終わったほうが楽かもしれない、なんて欠片だって思ったりしない。機械兵と少年、そして、いつの間にか召喚された義肢の女が黒い敵を蹴散らしていく。

戦いが終わり、見張りの兵士が倒れる。機械兵が先に立って走り、少年がその後を追いかけるように進む。あと少し、と少年が呟く。玉座の間が見えてくる。

機械兵が道を譲り、今度は少年が先に立つ。その顔には、躊躇《ためら》いも不安も感じられない。少年は背筋を伸ばして、玉座の間へと足を踏み入れる。

神々しいまでの光を背に、王国の君主が二人を睨《にら》んだ。

あれが、少年が畏れていた父王。義肢の女から妹を奪った敵国の王。嫌な顔をしている。卑怯なニンゲンというモノは、どうして皆、同じ表情を顔に貼り付けているのか。目鼻立ちはそれぞれに異なっているにも拘《かか》わらず。

少年は王と対峙《たいじ》し、堂々たる声で説得を試みる。

「第一王子の名のもとに、終戦を進言する！」

王に立ち向かう姿は、まるで歌に出てきた勇者のようだった。

王は下卑《げび》た笑みを浮かべながら、機械兵に命を下す。

酷《ひど》い命令だ。出来損ないの王子を今すぐ殺せ、とは。よりにもよって、機械兵に向かってその命を下すとは。

男の体が硬直する。支配者である王に逆らえない……そうプログラムされていた。男は震えながら銃を構える。

機械兵の頭の中を「殺せ」という命令が幾重《いくえ》にも反響し、駆け巡っているのがよくわかった。彼はニンゲンではなく、機械。作られたモノは作った相手に逆らえない。その決まり事に機械兵は縛られているのだ。

銃を向けられた少年の瞳は、まっすぐに男に向けられた。男は命令に抗えず、引鉄《ひきがね》を引く指に力が入る……。

追い詰められた男は、自身の運動神経回路を遮断した。指が引鉄からほどけ、少年の前で跪《ひざまず》く。彼を守るため、男は初めて己の意志で王の命令に背いた。

機械である彼に温かさを教えたのもニンゲンなら、冷酷な命令を下したのもニンゲンだった。そして、ニンゲンを守る為に彼はニンゲンに背いた。

王は獣のような叫び声を上げると、二人の反逆者の前で立ち上がる。

黒い鳥の群れが王に取り憑く。王はそれまでの王の姿のままで、物語を歪める敵となった。王子と機械兵への憎悪を剥《む》き出しにして襲いかかってくる姿は、ニンゲンとはかけ離れているようでもあり、これ以上無い程ニンゲンらしくも見えた……。

王の怒号で機械兵が集結する。反逆者を八つ裂きにせよと。

男は少年の手をとり、王城から逃げ出そうとする。それは、男が初めて持った自らの「意志」だった。

「あの子が国を追われたのは、そういう訳だったのね……」

＊

国を追われたと聞いて真っ先に思い浮かべるのは、罪を犯して国に居られなくなった、という状況だけれども、あの少年は違った。戦火を広げる父王を諫《いさ》めようとして、疎まれ、遠ざけられた。

あの父王にしても、考え無しに戦争を仕掛けていた訳ではないだろう。あれだけの国を維持してきて、あの後も国土を広げていった。決して無能な為政者ではなかった。彼は彼なりに国の行く末を考えていた。正しいかどうかは別として。

「父王は支配を望み、王子は調和を願った。国の未来を考えているのは同じなのに、どうしてこうなってしまうのかしら……」

もしも王と王子が互いに歩み寄っていたら、あの武器は別の物語を記憶していたのだろうか？

あり得ないわね、と内心で呟いた時だった。通路の先に、在る筈が無いモノが見えた。

「こんな場所に……人が？」

疲れたように座り込んでいたのは、老人だった。見覚えは無いけれども、ここに居てはならない人物だという事はわかる。なぜなら、彼はカカシの中に居るべき人物だから。でも、なぜ彼はこんな所で座り込んでいるのだろう？

黒い服の少女を見るなり、老人が嬉しそうに立ち上がった。ただ、足腰が弱っているのか、嬉しそうな表情とは裏腹に、その動作は鈍い。

「おねえちゃん！」

常識的に考えれば、自分よりもずっとずっと年下であろう少女に向かって、「おねえちゃん」は無い。

「あの、おねえちゃん……僕、あれからずっとこの辺りに居るんだけど、どんなに待っても……母さんが来なくて……」

余程誰かに話を聞いて欲しかったのか、老人は少女の反応などお構いなしに喋り続けている。或《あ》いは、久しぶりに会った昔馴染みに、積もる話をしているかのように見える。とはいえ、この少女が老人の昔馴染みである筈が無いから、よく似た誰かと勘違いしているだけなのだろうが。

「僕、母さんに会いたいんだ……！　だから、カイブツさんみたいに、僕をあの黒いカカシの中に入れてもらえないかなって……」

少女は答えない。答えられないのだ。たとえ声を失っていなかったとしても、少女には答えようがなかっただろう。カカシの中から迷い出てしまった人物をカカシの中に戻すなど、無理難題が過ぎる。だから、少女に代わって無情な答えを口にするしかなかった。

「悪いけど……どうにもできないわ」

老人の顔から表情が抜け落ちる。失意のあまり立っていられなくなったのだろう。老人はその場に座り込んだ。

少女はただ老人を見下ろしている。表情に変化は無いが、内心では動揺しているのかもしれない。これでは、可哀想な老人を助けようともしない薄情者の図だ。

「行きましょう」

促《うなが》すと、ようやく少女は走り始めたが、心なしか歩調が鈍い。

「さっきの老人は、物語から弾き飛ばされてしまった存在なの。気の毒だけど……私達に助ける事は出来ないわ」

冷たいようだが、努力や工夫で何とかなる性質のモノとは異なる。どうあっても少女には動かせない物事なのだから、後ろめたさを覚える必要など微塵《みじん》も無い。それに、今、少女には為さねばならない事がある。優先順位を考えて、と言おうとして止めた。それはそれで、冷たい言い方に聞こえるかもしれない。

少女に気づかれないように振り返ってみると、老人はまだ座り込んでいる。丸めた背中が痛々しい。

「でも、あの老人、貴方と怪物の事を知ってたみたいね」

カイブツさん、というのは、少女に襲いかかってきたあの怪物と同じモノだろう。

「口調も子供みたいだったし……」

これは推測に過ぎないが、怪物と出会った際、あの老人はまだ子供だったのではないだろうか。何らかの原因でカカシから弾き飛ばされ、カカシの「外」を彷徨《さまよ》っているうちに彼は年老いた。他の誰かと出会う事もなく、言葉を交わす事もなく、彼は大人になり、老人になった。だから、外見は老人なのに、言葉遣いは子供のままになってしまった……。

ただ、実際に彼が『檻』を彷徨い続けた時間は、子供が老人になる程の歳月ではなく、もっとずっと短かったのではないかと思う。カカシの中に居るべき者がそれ程長い時間を『檻』の中で過ごせたとは考えにくいからだ。にも拘わらず、彼の身体は老いた。

「彼に何があったのかしら」

気にならないと言えば嘘になる。少女の手前、然程《さほど》気に留めていない振りを装っているけれども、本当は彼に何があったのか知りたい。だが、調べている暇は無い。それこそ優先順位の問題なのだ。

その最優先すべきモノ、黒いカカシが見えてくる。長い階段の先に、黒い粒子が立ち上っている。この領域で最も高い場所だった。広々とした円形の広場の中央に、銃を手にしたカカシが佇《たたず》んでいる。

「これが、あの機械兵の最後の物語ね。彼等の記憶を、見届けに行きましょう」

少女の手が黒いカカシへと差し伸べられた……。

囚われの人形「はじまりの夜」

王城を脱し、辿り着いたのは、開戦宣言で混乱した城下町。

すでに夜なのか、辺りは暗い。なのに、町は奇妙な騒々しさに包まれていた。どの家の窓からも明かりが漏れていて、引っ切り無しに人が行き交っている。夜のようで夜でなく、昼のようで昼でない、そんな光景の中を少年と機械兵が足早に歩いている。

走っている訳ではないのに、少年は息を切らしていた。少し前まで地下倉庫で寝たり起きたりして過ごしていた少年にとって、ただ歩くだけでも相当な負担に違いない。なのに、彼は「僕は大丈夫。行こう」と気丈に振る舞っている。

道行く人々の中には、旅支度の者も少なくなかった。戦火を嫌って町を離れようとしているのだろう。どこへ逃げて良いものかわからず、取り乱している者もいる。ただ、そうした雑多な人々の中にあっても、少年と機械兵はあまりにも異質に過ぎた。何より、王に疎まれ遠ざけられていたとはいえ、少年は第一王子である。町の人々の多くが彼の顔を知っていた。

あのガキ、王族の者だぞと声が上がる。人々が一斉に二人を見る。王に対する不満と怒りが、王族である少年へと向けられる。強大な力を持つ王には決して投げつけたりはしないであろう悪罵《あくば》も、弱者である少年にならば遠慮無くぶつけられる。つくづくニンゲンとは弱い者いじめが好きな生き物だ……。

あいつらを捕まえろと誰かが叫ぶ。少年と機械兵は走り出す。たった一人では何もできない臆病者も、数が集まれば凶暴になる。

しかも、敵は町の人々だけではなかった。王の命令で兵士達が二人を追っていた。足が縺《もつ》れて転んでしまった少年に、王国兵が迫る。「反逆者どもめ！　ここで死ね！」と剣を抜く兵士に、黒い鳥が取り憑いた。

少年と機械兵がこの窮地を切り抜けたのは、確定した未来だ。別の武器が彼等の無事を記憶している。ここで彼等が死ねば、この物語の結末が壊れるだけでなく、他の物語との間にも齟齬《そご》が生じてしまう。何としてでも、この場所の敵を排除しなければ。

いや、問題無い。この程度の敵なら、少年にとっても機械兵にとっても脅威とはならないだろう。彼等には、それだけの力がある。義肢の女の力も借りれば、決して負けたりはしない……。

二人は手を取り合い、なんとか国の外へ逃げ延びた。

黒い敵が消滅し、物語は正しい結末へと向かった。この物語で二人は死ななかった。王子が死に、機械兵がその役割を終えるのは、もっと先の、別の物語だ。

二度と帰れぬ故郷を眺め、各々が決意を口にする。少年は、王族として国を巡り、戦争を終戦へ導きたいと。男は、この身が滅ぶまで少年を守り続けると……。王国が張り巡らせた傀儡《くぐつ》の糸。その呪縛に抗った二人。それぞれの決意を胸に、未来への一歩を踏み出した。

けれど、少年の願いは叶《かな》わない。その後も王国は他国への侵略を止めず、森に住む姉妹の静かな暮らしを破壊した。それが未来だ。少年は息を引き取る最期の瞬間まで、戦火を止められない己をもどかしく思っていたに違いない。

機械兵もまた、己に歯痒《はがゆ》さを感じていたかもしれない。少年が弱っていくのをただ手をこまねいて見ているしかなかったのだから。

物語には、二人の胸の内までは記されていなかった。けれど、二人が幸せだったとは、どこにも書かれていなかった。

＊

折からの強い風に吹き消されるかのように、黒い粒子がカカシから消えた。

「少年は平和の為、機械兵は少年の為に……。こうやって、二人の記憶は繋がっていたのね」

戻ってきた少女は、ただカカシを見上げている。始まりの物語、その結末を目の当たりにして、少女は何を思ったのか。

「これが、三つ目の欠片よ」

意思、希望に続く欠片は、祈り。本来ならば心を持たない機械兵とは、かけ離れたモノだ。けれども、あの機械兵は意思を持ち、自ら考えて行動する事を学んだ。少年を守る為に。きっと幾度となく祈った事だろう。少年の無事を、少年の幸福を。

「多くの感情の中でも、特に人間的なものかもしれないわね。曖昧《あいまい》な未来に、理想を思い描く心」

煌《きら》めく欠片が少女に吸い込まれていく。少女は「祈り」を取り戻した。

「どう？　何か変化は感じたりする？」

少女の答えが真実とは限らない。何も感じていなくても、同行者への気遣いから頷くかもしれないし、逆に、自身の内に生じた変化を知られたくなくて首を横に振る事もあるだろう。

重要なのは、少女に考える切っ掛けを与える事。この道行きの終わりに、少女は大きな決断を迫られる。その為にも、少女は考え続けなければならない。考えて、考えて、考え続けて、自ら答えを出さなければならない。

それを手伝うのがママのお仕事だもの……。

見守り、問いかけ、また見守る。単純ではあるけれども、大切な繰り返し、だ。修復した物語は三つ。残る物語も三つ。ちょうど今は、この旅の折り返し地点だった。この先も、同じ繰り返しを続けるだけ。焦らずに、慎重に、着実に。

上空から螺旋《らせん》階段が降りてくる。鳴り響く鐘の音も三つ。その音が止む前に、少女は次の領域へと進み始めた。

修復作業は順調に進んでいるわ。でも、好事魔多《こうじま》し……っていうのかしら？　ここへ来て、想定外の出来事が立て続けに起こるなんてね。

ええ。あの鳥の置物よ。あんなモノが置いてあるなんて、聞いてなかったわ。それも、あんなにたくさん！　あの子が壊しちゃっても、仕方が無かったと思うの。だって、あの黒い壁みたいに通路を塞《ふさ》いでたんですもの。壊して進もう、ってなるわよね？

勿論、壊さないほうが望ましいって事はわかってたわよ？　でも、その理由をあの子にどう説明したらいいのか、判断に迷ったというか。説明したところで、あの子が理解してくれる保証も無かった訳だし。あの子にしてみれば、黒い壁も鳥の置物も、どちらも邪魔なモノなんだし。黒い壁の時みたいに、壊してとは言わないでおいたんだけど……それくらいじゃ、違いは伝わらなかったみたい。

それに、ほら、鳥の置物って触るだけで壊れるじゃない？　あの子、ちょっと楽しくなっちゃったのかもしれない。楽しみらしい楽しみなんて無い道行きでしょ？　……って、あの子に限ってそれは無いわね。自分の楽しみなんてどうでも良くて、ただただ目的に向かってひた走るのが、あの子だもの。

とにかく、アレを壊した事は大目に見て欲しいわ。現時点では困った事にはなっていないんだし。今後、問題が起きたら、改めて対処する事にしましょう。ね？

ただ、あの老人のほうは、そうも言ってられないわよね。鳥の置物よりも、ずっとずっと問題だわ。

あ、老人っていうのはね、カカシの中に居た筈の人物よ。それがなぜだか、外に居たの。『檻』の通路に座り込んでるのを見た時には、本当に吃驚《びっくり》したわ。だって、本来ならば、あってはならない事でしょう？

それに、見た目は老人だけど、中身は子供のままだったの。たぶん、カカシの中に居た時は子供だったんだと思うわ。外でうろうろしてるうちに、彼は本来の姿を失ってしまったのね。可哀想に。

尤《もっと》も、彼が弾き飛ばされてしまったのは、物語が壊されたせいよね？　あの子が修復を済ませた今はもう、彼は元に戻ってるんじゃないかしら。自分が老人になってた事も、母親とはぐれた事も忘れてる……といいんだけど。

そんな訳で、敵の侵攻は予想以上に深刻よ。カカシの中だけじゃなくて、『檻』そのものにも悪影響を及ぼしてる。……内通者への対処が遅れたせいね。今更《いまさら》な話だけど。もっと早く手を打っていたら、他にやりようがあったんじゃないかと思うと、自己嫌悪だわ……。

「溜息なんて、お止《よ》しなさいな。裏切り者がいる事は把握できても、捕まえるのは難しかった……いえ、不可能だったんだもの。あれは不可抗力よ。内通者を発見できただけ儲けモノ。そう思う事にしましょうよ」

えっ？　あ？　そ、それは、そうだけど。ええと……。

「さあ、元気を出して。まだ先は長いわよ」

そうね。うん、わかったわ。行ってきます。有り難う。

第4章

清々《すがすが》しい、という言葉そのものが螺旋《らせん》階段の先に待っていた。自分がどれ程砂にうんざりさせられていたのかがよくわかった。

「『檻』の雰囲気が変わったわね」

前の領域では砂色に煙《けぶ》っていた空も、ここでは透き通るように薄青い。風はひんやりと冷たく、石造りの通路や階段も心なしか青みを帯びている。遙《はる》か下方から吹き上げてくる風の音は相変わらずだが、それに混じって聞こえる水の音が耳に心地よい。

「綺麗な場所！」

建物の壁を伝って流れ落ちているのは、砂ではなく水。滝のように見える流砂ではなく、正真正銘の滝が流れている。大小様々な滝は、建物を飾る白いリボンのようだった。また、通路の至る所に出来た水たまりは空の色を映している。白と青の風景は、見るからに涼しげだ。

「ずっと砂埃《すなぼこり》が酷《ひど》かったから、なんだかすごく空気が美味しいわ」

一粒残らず砂が洗い流されて、目の前の何もかもが清浄に見える。空が高い。周囲を見渡せば、どこまでも遠くまで見通せそうな気がする。そう、本来なら見えないモノ、本来なら在り得ないモノまで。

「ほら、空気が澄んでるものだから、お魚さんも宙を泳いで……」

巨大な魚だった。生きた化石と呼ばれていた魚に酷似しているが、それにしては巨大だったし、そもそも魚が空を泳ぐ道理が無い。我ながら下手くそなボケだったと反省した。それに、どんなに上手なボケを用意できたとしても、今の少女にツッコミ役は無理だ。

「……いや、それは流石におかしいんじゃないかしら」

自分でツッコミを入れてみたものの、やはり上手くいかなかった。ただただ気まずい沈黙が流れた。少女の足許《あしもと》で水が跳ねる音だけが響く。

幸い、幾らも行かないうちに、黒いカカシが見えてきた。これで話題を探さずに済む。

「これが、この『檻』の記憶みたいね」

砂の領域のカカシとは、服に当たる部分の形状が少し違う。手にしている武器も、特徴的だった。反りのある長剣で、長さの割に細い。

「この武器は……うん、日本刀ね」

大陸近くの島国で、伝統的に造られていたという武器。サムライのタマシイとされていて、戦いの道具でありながら大切に保管されていたらしい。

「という事は、お侍さんのお話かしら？　さっそく見てみましょうか」

少女がカカシに手を伸ばす。水の領域における修復作業の始まりだった。

錆《さび》「終《つい》に咲く」

奇妙な部屋に、奇妙な姿の男が座っていた。幾重《いくえ》かに折った板を部屋の中に立て、丸い明かりが二つ、四角い小さな明かりが一つ。決して明るいとは言えない。昼日中なら、その程度の明かりで用が足りるが、日が暮れた後は暗過ぎるのではないかと思った。

男は髪の一部をおかしな形に固めて、頭の上部に乗せていた。着ている服も、おかしな形だった。荒野の街の連中とも違うし、森の姉妹や王国の兵士達とも似ても似つかない。今までカカシの中で見た誰とも似ていなかった。おまけに、座り方も変わっていた。アレが「お侍さん」とかいうモノなのだろうか？

男が誰かに話しかけている。其の屋敷には、大名たる彼以外に人の影はない。

違った。「お侍さん」ではなく、「大名」というモノらしい。両者がどう違うのかは、残念ながらわからない。

大名は、見えない相手に対し、先《さき》の任《にん》は大儀であったと口にした。少し躊躇《ためら》うように、男は目を細めて呟《つぶや》く。

「引き続き、頼むぞ」

嫌な感じだった。男の表情も、声も、何もかもが。理由はわからない。

壁を隔てた影の中、其処《そこ》で一人の女が男の詞《ことば》に耳を傾けていた。

これもまた、風変わりな服の女だった。さっきの男とは違うが、やはりおかしな形に髪を固めている。

人相書を懐《ふところ》に納め、静かに立ち上がった女は冷淡な声でただ一言、「承知」と答えた。女の居る部屋は更《さら》に暗い。丸い明かりも、四角い明かりもなく、壁際に小さな小さな炎が一つだけ灯っている。それでは足許すらまともに見えないだろうに、女は戸惑う様子もなく歩き始める。暗がりを歩くのは慣れているらしい。

女が小走りになる。急いでいるのか、長居はしたくないのか……。

厚い雲に覆《おお》われた空とは裏腹に、城下町は人々の活気に溢《あふ》れていた。

いつの間にか、屋敷の外に出ていた。空は暗いが、夜ではない。町には見慣れない形の建物が行儀良く並んでいた。「大名」や女を見た時には奇妙な格好だと思ったが、通りを行き交う人々も似たような格好をしている。この城下町とやらの人々には、荒野の街や森の国の人々の姿のほうが奇妙に映るのかもしれない。

道を行く親子が目に留まる。其れは童《わらし》が余りに眩《まぶ》しく笑っていたからか、若《も》しくは己が命が暗闇に馴染み過ぎたのか。胸の騒《ざわ》めきを振り払い、女は市外を目指す。

女は足早に歩き続けている。この町があまり好きではないのか。いや、目を伏せて歩く姿を見て気づく。好き嫌いではない。羨《うらや》ましいのだ。城下町の人々のようになりたい。明るく笑う童のようになりたい。なりたいモノを幾つも幾つも突きつけられて、居たたまれないのだ。……推測に過ぎないが。

町外れに出たのか、人の気配が途絶えた。赤く塗られた橋が見えてくる。橋の真ん中に、誰かがいる。男だ。妙な形の被《かぶ》り物のせいで顔はわからない。

女の視界に銀が閃《ひらめ》く。眼前に現れた辻斬りを見て、女は薄く笑った。其処《そこ》が己の居場所と知っていたから。

黒い鳥が舞い降りる。「辻斬り」に取り憑《つ》く為に。奇妙な被り物の男が黒い敵の姿に変わった。驚いた事に、黒い敵までもが奇妙な服を纏《まと》っている。このカカシの中では、そういう決まり事らしい。

女が剣を抜き、黒い敵へと斬りかかる。同じ長剣でも、義肢の女とは少々異なる動きだった。身のこなしの軽さ、素早さは同様であったけれども。

刃が煌《きら》めき、宙を舞う。武器の形状のせいなのか、女の技量なのかは定かではないが、刃の動きが速い。武器を握る女の手には、殆《ほとん》ど力が入っていないように見えた。武器のほうが勝手に動き回っていて、女の手はただの添え物に過ぎない、そんな感じだ。

気がつけば、黒い敵は消滅していた。女の目の前にいるのは、辻斬りの男だった。女はまだ武器を抜いていない。物語がそこまで巻き戻っていたのだ。

僅《わず》かに女が身動《みじろ》ぎをしたように見えた。

一瞬の後、女は男の背後に居た。抜き身の武器を握って。見れば、刃が血の色に染まっている。男が前のめりに倒れた。

　余りの剣技に、辻斬りの男は何が起きたかさえ解らないまま絶命した。

女は何事も無かったような顔をして納刀し、再び歩き始めた。先刻までとは違う、ゆっくりとした歩き方だった。あの「大名」に命じられたのは、辻斬りの男を殺す事だったのだろう。一仕事終えた女は、もうせかせかと歩く必要がなくなった。

　彼女の歩む血塗られた道は、幸せな親子の行く道とは程遠い。

　自分は彼《か》の童の様に笑った事が在っただろうか。彼等の様な生活が私にも在り得たのだろうか。

　淀んだ空気の中、手に出来なかった生き方に思いを馳せた。

幸せそうに見える親子が本当に幸せとは限らない。なりたかったモノになったからといって、それで幸せになれる訳でも無い……。

だが、物語の登場人物は知らなくて良い事だ。

＊

「今回は……いわゆる『殺し屋』のお姉さんのお話みたい」

物騒ではあるけれども、武器の記憶である。持ち主が殺し屋で、人を殺した記憶が刻まれていても、不思議は無い。むしろ、それが当たり前だろう。

ただ、不思議に思った事が無かった訳ではない。

「彼女の強さには、何か理由があるのかしら？」

驚くべき強さだった。辻斬りをやってのけるような男が弱かった筈が無い。彼もそれなりの使い手だっただろうに、彼女は男を一撃で仕留めた。力の差は圧倒的だった。その理由は、ここから先の記憶で明らかになっていくのかもしれない。

一方で、先へ進んでも全く明らかにならないのが、黒い敵の妨害工作の法則性だった。黒い壁は、水の領域にも設置されていた。呆《あき》れる程に律儀《りちぎ》なのか、単に要領が悪いだけなのか、それとも意図する事など何も無いのか……。

「黒い敵の考える事はわからないわ。行く手を阻むのが目的なのか、それとも別の意図があるのか」

行く手を阻むのが目的ならば、三割くらいは成功しているように思う。そのたびに足止めされて、手間と時間を奪われているのは確かだからだ。ただ、どれも少女が撤去しているから、最終的に敵は目的を果たせずにいる訳だが。

問題は、少女が撤去できないような障害物が現れた時、だ。

「橋が崩れ落ちてる……」

長い橋が真ん中から折れたように崩れていた。まさに、少女では打つ手無しの障害物である。

「向こうにカカシがあるのに、これじゃあ渡れないわ。何とか向こう側に渡る方法は無いかしら？」

辺りを見回してみる。これまでの場所に比べて、不自然に静まり返っている気がした。水の音が間近に無いせいだ。水の領域では、常に水が流れ落ちる音が響いていた。砂の領域の砂埃《すなぼこり》のように、水飛沫《みずしぶき》と水の音は必ず付いて回った筈だ。それが無い。という事は。

「ちょっと待っててね」

上空へ浮かび上がり、改めて周囲を見る。高い天井の近くには、水の噴き出し口と思われる四角い窓が四つ、並んでいた。だが、水は流れていない。原因は、これだ。溜息が漏れた。

「誰よ、水位下げたのは」

少女に聞こえないように、呟《つぶや》く。面倒臭いったら無い。

「レバーを下げなくちゃ。アレ、結構重いのよね」

この『檻』に関する情報は、ある程度なら把握している。少女に伏せておかなければならない情報もあるし、少女の思考や判断を邪魔したくなかったから、何も知らない振りを装ってはいるが。

壁に取り付けられたレバーを押し下げる。重たい手応えの後に鈍い音がした。遅れて水の音が響く。四角い窓の一つから、水が噴き出している。

「レバーは全部で四箇所だった筈。あと三箇所ね」

壁に沿って飛び、次のレバーを下げる。水飛沫のせいか、空気が冷たさを帯びる。続けて隣のレバーを下げ、更《さら》に隣へと飛ぶ。面倒だし、苦手な力仕事ではあるけれども、これも「ママのお仕事」だ。せっかく、ここまでの回収が順調なのだから、こんな所で少女に足踏みをさせたくない。

「あの子達が幸せになれるといいんだけど……」

この仕事がきっちり終わって、あの子達も幸せになる。そんな最良の結果が出る事をそっと祈ったところで、四つの滝が復活した。大量の水が室内に注ぎ込まれ、見る間に水位が上昇していく。

「よし、橋が浮き上がったわ」

少女は無言のまま、水面を見ている。

「どうかしら、これで渡れるんじゃない？」

折れた橋が水位の上昇によって押し上げられている。常識的に考えると、石の橋が水に浮く筈はなかったが、ここは『檻』の中。『檻』では魚が空を泳ぎ、石が水に浮く。一般的な物理法則は通用しない場所だ。

「随分手間を取られちゃったわね」

水浸しの橋の上を少女が走る。橋さえ使えれば、カカシまでの距離は幾らもない。

「気を取り直して、修復に取り掛かりましょうか」

錆「玉響《たまゆら》の花」

初めて見る部屋だったが、どこかで見たような気もする。

壁という壁に武器が立てかけられていた。穂先が尖った長い武器だ。かと思えば、横向きに並べられた武器もある。確か、日本刀、とかいう名前で呼ばれていた……。刃が曲がっているのが特徴で、一つ前のカカシで見たニンゲン達が手にしていた。

その武器だらけの部屋で、少女が眠っていた。どこかで見たような気がしたのは、そのせいだ。決して寝心地が良いとは言えない場所に寝起きする、年端《としは》のいかない子供。王宮の地下倉庫。少年と少女という違いはあるが、その不自然さだけは共通していた。

眼を醒《さ》ました少女は、やつれた顔で庭へ向かう。幼き日の彼女は、鍛錬に明け暮れる日々を過ごしていた。疲労で骨は軋み、肉は裂けたように痛む。其れでも彼女は痛む脚を動かして廊下を進んだ。

長い廊下だった。少女が足早に歩いても、延々と続いている。結構な広さの建物だ。少女の顔からは、「骨が軋む」ような疲労の色は無い。少女は無表情だった。

庭へ辿《たど》り着いた少女に、早く参れと怒号が浴びせられる。感情を押し殺した声で少女は「只今《ただいま》」と答えた。

建物の中だけでなく、庭もそこそこ広かった。少女が小走りに移動しても、まだ怒号の主とは距離がある。束の間、少女の顔に感情らしきモノがよぎったが、走るうちにそれも消えてしまった。

怒号の主の傍らには、二人の男が控えていた。三人が三人とも、あの日本刀とやらを手にしている。

遅い、と低い声が少女の耳を刺す。謝罪の言葉を述べようとする少女を遮《さえぎ》り、男は叱《しっ》責《せき》を始める。道具は使う時に手元に無くては意味が無い。お前は御屋形様の道具となる身。如何《いか》なる時も疾《はや》さを尊《たっと》べ、と。

またも見覚えがあった。他者を道具として扱うニンゲンは皆、同じように見えるからだ。そして、ニンゲンの中にはそうしたヤツが少なからず存在している。他のカカシの中にも居た。機械兵と王子を役立たずと決めつけた王、囚人達を管理していた、ええと、何と言ったか。……忘れてしまった。というよりも、最初から覚えておく気は無かった。カカシの中で見た、あまり愉快ではない物語の、大いに不愉快な登場人物の名称などは。

そうして其の日も命懸けの鍛錬が始まった。

三人の男達が刀を抜いた。鋒《きっさき》が少女へと向けられる。実戦で使うのと同じ武器を使っての「鍛錬」らしい。だが、少女はたった一人で三人を相手に戦わねばならない。数だけでも不利であるのに、体格も腕力も彼女のほうが劣っている。そして、何より経験が足りない。なのに、互いに手にしているのは、殺傷能力の高い武器。

他人事ながら、遣《や》り切《き》れなさを覚えた時だった。黒い鳥が三人の男達に取り憑いた。男達の姿が変わる。怒号の主は、長い腕を持つヒト型の敵に、その傍らの男は獣の姿の敵に。彼等に対峙《たいじ》しているのは少女ではなく、辻斬りを一瞬で仕留めた女だった。あの時には気づかなかったが、少女と酷似した面差しだ。おそらく、少女の成長した姿がこの女なのだろう。

斬られた事すら気づかぬままに仕留める技を持つ女にとって、黒い敵など物の数ではなかった。幼少の頃から、同時に三人を相手に鍛錬を続けてきたのだ。

黒い敵が霧散した後には、三人の男と命懸けで討ち合う少女がいた。物語の歪《ゆが》みが正されても、少女の置かれた状況は変わらない……。

とある大名の家に古くから仕え、主君の敵を斬る一族。其れが彼女の生まれた家だった。誰かを殺す事を生まれる前から定められていた、彼女の生きる道。道を選ぶ自由など許される筈も無かった。

鍛錬の名を借りた非道な行為に見えたが、複数の敵に囲まれる状況を想定すれば、それも必要かもしれない。必要かもしれないが……遣り切れなさは消えなかった。

疲労のあまり、少女が動けなくなるまで「鍛錬」は続いた。その場に膝をつき、肩で息をする少女を見下ろしながら、三人の男達は刀を納めた。

不意に、周囲の景色が変わった。広大な屋敷と庭に代わって現れたのは、薄暗い木立だった。そこを足早に進んでいたのは少女ではなく、あの女。先刻までの光景は、女の記憶だったらしい。

生まれを憎んだ所で意味は無い。然《しか》し、二度と手に入らぬ何かを想うと、酷《ひど》く惨めな気分になった。

独白とは裏腹に、女の顔は無表情だった。眉一つ動かす事無く、女は木立に紛れて駆け抜けていく。と、出し抜けに視界が明るくなった。木立が途切れたのだ。

雑念を振り払い、足を前に進める。何時の間にか、空は雨を零《こぼ》し始め、巨大な城は幻怪な気配を漂わせる。

機械兵と王子が逃げ出した王宮とは全く異なる建物だった。巨大である事と、門を守る者が居る事を除けば。

城門の前に立っていたのは、一人の番人。女は音も無く近付き、刀の鯉口《こいぐち》を切る。辻斬りの男を仕留めた時と同じく、刃が閃いたのは一瞬だった。番人もまた、己が斬られた事に気づかぬまま死んだに違いない。

静かに刀を納め、女は城内へと足を踏み入れた。

承知、と答える声を思い出した。あの大名は女に殺しを命じたのだろう。そして、その標的がこの城に居る……。

＊

「生まれる前から生き方を決められていた……それがあの女性の力の理由だなんて、悲しい話ね」

人は生まれる場所を選べない。もしも違う家に生まれていたら。もしも別の家族の許《もと》で育っていたら。そんな仮定を人がよく口にするのは、生まれた家や家族に対して何らかの不満を抱いているからだろう。それが些細《ささい》な不満で済めば良いが、そうでなかった場合は悲劇を招く。まあある話だ。

「生まれる場所、貴方にも思う所が……」

その先を言うのは止《や》めた。言うべきではないと思った。わざわざ言わなくても、少女にはわかっている筈だ。本人がわかっている事を他人が重ねて指摘するのは、お節介を通り越して嫌がらせになりかねない。ごめんなさい、と心の中で謝った。

「何でもないわ。さあ、先へ進みましょう」

黒い壁にぶつかれば撤去し、黒い鳥を見かければ追い払う。領域が砂から水へ変わっても、やるべき事は変わらない。

カカシの背後の扉を開け、通路を進んでいくと、また外に出た。水の領域の空は青い。ただ、少し雲が出てきたようだ。物語に出てきたような灰色の雨雲ではなく、真っ白な綿毛のような雲だった。

青空の下の通路は、さながら綿を浮かべた海の中を進む道だ。砂の領域は途中でうんざりしてしまったけれども、ここなら幾らでも進んで行けそうな気がする。空の色も、しっとりと冷たい風も、何もかもが心地よい。

水飛沫を上げながら、少女が階段を上っていく。その時だった。

「あら？」

水の音とは異なる音を聞いた。が、少女は気に掛ける様子もなく、走り続けている。

「何か、音が聞こえるわね？」

階段の上は別の建物の入り口になっている。音はその中から聞こえているようだった。高低差のある、籠《こ》もり気味の音だったが、何の音なのかはわからない。

少女が前に立つと、扉は勿体《もったい》を付けるかのように、ゆるゆると開いた。その向こうに螺旋階段が見える。領域と領域を繋ぐ、獣の骨のような螺旋階段でもなく、石造りの階段でもない。この『檻』の建築様式よりも新しい時代の素材に思われた。……尤《もっと》も、ここでは年代の特定など無意味ではあるが。

「あれって……」

驚いた事に、螺旋階段の途中には例の怪物が居た。怪物は、階段を数段下りては立ち止まり、後ずさるように数段上り、また下りるというのを繰り返していた。

「いったい？」

何をしているのかしら、と続ける前に怪物と目が合った。いや、そんな気がしただけで、実際のところは少女だけを見ていたのかもしれない。どちらにしても、怪物の行動はこれまでと変わらなかった。

「また逃げた……」

怪物が階段を駆け上っていく。高低差のある音が響き渡った。少女が慌てたようにその後を追う。少女の足許からも音が鳴る。

「成る程、階段を踏むと音色が響くのね」

水の領域にふさわしい、澄んだ音色だった。段を踏む順番や頻度を工夫すれば、ちょっとした曲になるのかもしれない。

「さっき、あの怪物はこれで遊んでいたのかしら？」

後ずさるように段を上る際、怪物は両腕を軽く広げてリズムを取っているように見えた。もっと言えば、踊っているかのような腕の動きだった。ただ、怪物の「姿」と「遊ぶ」という行為が両立するものだろうか？

そんな事に考えを巡らせる時間が十分にある程、長い長い螺旋階段だった。段が薄い色と濃い色で交互に塗り分けられているからなのか、目が回りそうになった。少女のように、進む先だけを見ていれば良かったのだろうが、ついつい視線が下を向いてしまう。足許から聞こえる音色のせいだ。

音が止まる。少女が肩を落として立ち尽くす。怪物の姿は何処にも無い。その代わりとでも言いたげに、黒いカカシが立っていた。

錆「翳《かげ》り無し」

女は標的を探し、一人城内を進む。

真《ま》っ直《す》ぐな板を貼り合わせた通路が延々と続いている。板を格子《こうし》状に組み合わせた窓に扉、角張った柱。窓はどれも開け放たれているのに、妙に息苦しく見えるのは、何もかもが直線で出来ているせいだろうか。

敵大名の跡継ぎ息子の始末、其れが彼女の此度《こたび》の任。敵軍は血を重んじる組織。跡継ぎが死ねば、混乱は免れない。彼女の役目は敵軍に混乱を与え、友軍が攻め入る隙《すき》を作る事だった。

ニンゲンを殺すニンゲンなど、珍しくもない。義肢の女の故郷では住民達が王国兵に殺されていたし、賞金が懸かっているという理由で王子も命を狙われていた。だから、驚きはしない。またか、と思っただけだ。

時折、女の前に見張りと思《おぼ》しき男が立ちはだかった。しかし、誰一人として女を止められなかった。女は息を吐くよりも微《かす》かな動作で刀を抜き、瞬《まばた》きよりも短い間で相手を絶命させた。城は広く、廊下は長かったが、女は道標のように屍《しかばね》を残しながら、奥へと進んでいった。

廊下を通り抜け、女は座敷へ辿り着いた。気付けば雨脚は更に勢いを増している。水の音がこんなにも五月蠅《うるさ》いとは思わなかった。地面に溜まった水に雨粒がぶつかって立てる音、屋根を叩く雨の音、どれも止む気配が無い。たかが水、それがこうも喧《やかま》しい音を立てるとは。

広い座敷に不釣り合いな子供が独り座っていた。その顔付きは人相書のものと良く似ている。女は何も言わず刀を抜き、幼い標的の顔へと突き付けた。然《しか》し、童は刀を見詰めるばかりで、まるで逃げようともしない。童のやつれた顔を見て、女はある事に気付いた。其の子供が男装をさせられた娘である事に。

女が軽く目を見開いた。驚いているらしい。つまり、「跡継ぎ」とは本来は男児であって、女児であってはならない、という事だ。

女は娘に其の理由を問う。すると、娘は家への怨み言を漏らし始めた。斯様《かよう》な家も、此《こ》の国も、全て滅んでしまえば良い、と。

敵軍は血を重んじる組織、という一節を思い出す。跡継ぎが死んだ程度で混乱するのだから、最初から跡継ぎがいないとなれば、組織が瓦解《がかい》しかねないのだろう。それで、女児を男児と偽って育てる事にした……。

それにしても、静かな子供だ。子供というモノは、もっとお喋《しゃべ》りで喧《やかま》しい筈だ。くるくると表情が変わり、その両目は忙《せわ》しく動き、あらゆるモノを捉えようとする。なのに、「跡継ぎ」の子供は、生気というモノが殆《ほとん》ど感じられない、作り物のような顔をして、じっと座っている。

私、子供だよ？　という声が耳に蘇《よみがえ》る。好奇心ではち切れそうになっている顔と、「ねえ？」と首を傾《かし》げる仕種と……。

頭の中で再生された会話が断ち切られた。黒い鳥が舞い降りてきたのだ。おとなしく座っているばかりの子供を、黒い群れが塗り潰す。

王子に銃を向けた賞金稼ぎの男や、機械兵に王子を殺せと命じた王、そうした連中に黒い鳥が取り憑くのを見ても、然《さ》したる感慨は無かった。けれども、子供らしからぬ子供が黒い敵に変じるのを見た瞬間、何とも言い様の無い心持ちになった。胸が締め付けられそうに痛む。こんな思いをするのも、全部、黒い敵のせいだ。

いや、そうじゃない。締め付けられそうな痛みは、後悔と罪の意識。敵のせいなんかじゃない。自分のせいだ……。

後ろめたい思いは、敵が倒れて、戦いが終わっても消えずに残った。

娘はこう語る。私は父の人形です、と。父の勝手に産み落とされ、父の勝手に生かされる只の道具。心を騙《だま》し、性別さえ偽り、与えられた役割を満たすだけの生。御家《おいえ》の道具となった私は、殺される為に生きているのです、だからどうか私を殺して下さい、と。

只の道具。御家の道具。ここにも一人、他者に使われるだけのニンゲンが居る。

娘の瞳が女へと向けられる。此の娘は何時かの私だ、女はそう想った。生まれる前から歩む道を決められた者。

女の手にした刀が一瞬、震えた。鋒《きっさき》が僅《わず》かに下を向く。似た者同士。そう言って微笑んだ少年が居た。ニンゲンは、自分とよく似たモノに心を動かされる。全く同じ言葉でなくとも、あの時の王子のような言葉を女も思い浮かべているのだろう。

ただ、王子がそれを言った相手は隣に座る機械兵で、その後も共に在った相手。女の目の前に座っているのは敵の子供で、共に在る事など許される筈もない相手。たとえ心を動かされても、何が出来るというのか？

女は俯《うつむ》き、逡巡《しゅんじゅん》する。汚れた地を塗り潰さんと勢いを増す雨音が、何故か却《かえ》って静かに感じた。

＊

カカシから戻ってきた少女は、どこか落ち着かない様子に見えた。物語の中に現れた人物を見て、戸惑ったのかもしれない。なぜなら……同じくらいの年格好の子供だったから。

「この『檻』の記憶も、次で最後の筈よ」

努めて明るい声を出す。励ます……と言ったら語弊《ごへい》があるかもしれないけれども、多少なりとも少女の足取りが軽くなればと思う。この物語の結末が、決して喜べるモノではないと、少女も予感しているだろうから。

尤も、余計な考えを巡らす程の余裕は与えられなかった。三つ目の修復を終え、カカシの背後の扉を開けるなり、またも黒い壁が邪魔をしてきた。黒い壁の向こうにも、もう一つ壁があるのが見えている。

「敵がやりそうな事よね」

思わず溜息が零れそうになって、急いで言葉を継ぎ足した。

「何をやりそうなのかは想像がつくけれど、なぜあんな事をするのか、理由のほうはよくわからないわ」

理由がわからないというよりも、こちら側の理屈が通用しないと言ったほうが近い。

「黒い敵もそうだけど、あの怪物も何をしようとしてるのかしら……」

理屈も言葉も通じないのだから、想像もつかなかった。襲いかかってくるのかと思えば、逃げ出し、階段で遊んでいる素振りを見せたかと思えば、また逃げ出し……。今のところ、こちらに危害を加える気が無さそうなのが幸いだったが。

「余計な事を言って、ごめんなさい。今は、修復の事だけ考えましょう。あら？　陽射しが強くなってきたわね」

今までになく明るい場所だった。石造りの通路に陽が降り注いでいる。だからだろう、水たまりは一つも無くなって、通路も階段も乾いていた。かといって、砂の領域のように、からからに乾燥している訳ではない。

「湿り気が残って、程良い乾き具合ね……って、洗濯物じゃあるまいし」

黒い壁が鬱陶《うっとう》しい事を除けば、気持ちの良い場所だった。砂だらけの場所に比べれば、水たまりくらいはと思っていたが、やはり乾いた通路のほうが少女には歩きやすいのだろう。その足取りは軽く、道も捗《はかど》った。

やがて、大きな建物が見えてきた。屋外の通路や階段をしばらく行くと、必ず大きな建物にぶつかる。

「この建物の中に、最後のカカシがありそうね」

ただ、またしても門が閉まっている。

「前みたいに、近くにレバーがあるんじゃないかしら」

あった。少女には届かない高さだったが、問題は無い。

「任せて。ちゃっちゃと開けちゃうから」

お仕事お仕事、と鼻歌交じりにレバーを下げた。低い音を立てて門が開く。

「はい、これで通れる？」

門を潜《くぐ》り抜けるようにして、少女が先へと進んでいく。細く真っ直ぐな通路の先から、光が漏れている。白い光に紛れるようにして、特徴的な黒い粒子が見えた。

「次でこの武器の修復が終わるのね……」

あの女性がどんな選択をするのか、それを目の当たりにした少女は何を思うのか……。

「カカシは目の前。さあ、行きましょう」

通路が終わると、円形の広間だった。これまでになく濃い水の匂いがして、風が冷たくなった。周囲を幾本もの滝で囲まれているせいだ。大量の水が落ちていく音で空気が震え、飛び散った細かな飛沫《しぶき》が靄《もや》となって辺りを冷やしている。

広間の中央に佇むカカシへと、少女が手を伸ばした。いってらっしゃい、と声に出してみたけれども、滝の音にかき消されて少女には届かなかっただろう。

錆「散りゆく赫《あか》に　五月雨《さみだれ》ぞ消ゆ」

雨の音だけが二人の耳に響いている。長き沈黙の後、女は刀を鞘へと納めた。困惑する娘に、女は問う。斯様な家、滅んでしまえば良い、其の言葉に偽りは無いかを。娘は震えながら、頷く。其れを聞いた女は、表情を変えずにこう答えた。「承知」と。

その口調は、壁一枚を隔てた部屋で大名の命令を聞いた時と変わらない。抑揚が無く、何の感情も、何の気配も無い、静かな口調だった。だからこそ、女の決意がわかる。主に対するのと全く同じ答えを、敵の娘に返した……その真意が。

背後に大勢の兵が集まる音がする。

たった一人で敵の城へ斬り込んだのだ。騒ぎを聞きつければ、増援が来るのはわかりきっている。娘との問答で徒《いたずら》に時を費やせば、敵は更に増えるだろう。それがわかっていても、女は迷った。考えずにいられなかった。

座敷には何人もの兵が集まって居た。然《しか》し、女の表情に恐れの色は欠片《かけら》も無い。女は構え、いざ、と呟いた。

恐れの色が垣間見えたのは、数を頼みにできる兵達のほうだった。勝敗は明らかであるにも拘《かか》わらず、平然としている女の様子に、却って不安を覚えたのかもしれない。彼等の手にした刀が、槍の穂先が、微かに震えている。

そこで視界が切り替わった。黒い鳥の群れがやって来たのだ。黒い敵もそれなりの数だったが、女が取り囲まれている兵の数に比べれば、騒ぐ程の数ではない。それに、黒い敵と対峙する女の傍らには、共に戦う者も居る。別の物語の人物達が。

それがこちらの勝手な思い込みに過ぎない事はわかっている。ここに居る彼等が「共に戦う」という意識を持っているかどうか、怪しい事くらい。

手に入れた武器の、戦う力だけを呼び出しているに過ぎないから、女が彼等と言葉を交わす事は無い。また、今ここで戦っている女自身、ただの力に過ぎないのだ。傍らにいる二人をどこまで自覚できているのやら。

それでも、女がたった一人ではない事に安堵《あんど》している。それが嬉しい。喜ばしい。なぜ、そんなふうに思うのか、自分自身でもよくわからないが。

黒い敵との戦いが終わり、修復された場所へ戻ると、思った以上に時が過ぎていた。広い座敷は、倒れ伏した兵達と、投げ出された血塗《ちまみ》れの武器とで足の踏み場も無い。誰一人として、その場に立っている者はいなかった。そう、誰一人として。

敵の兵達が屍を晒《さら》している座敷から、線を引いたような血の跡が奥へと伸びている。その先にいたのは、あの女。幼い頃から、複数の敵を相手にする鍛錬を重ねていたとはいえ、今度ばかりは敵が多すぎた。一人残らず斬り殺しはしたものの、無傷でとはいかなかったのだ。

駆け寄る少女が手を取る。

取り乱していると、はっきりわかる。刀を突きつけられた時の作り物のような顔ではない。何故、何故、と同じ言葉を繰り返す様《さま》は、あの時とは別人のようだ。

何故こんな事をしたんだろうか。雨音が遠ざかってゆく。人は生まれる場所を選べない。死に方さえ、争いばかりの浮世では選べ無い事が殆どだ。でも、誰かを生かす事は出来るかもしれない。私は家に縛られ、決められた役割を果たすだけ。この手で数え切れない程の人を斬った。こんな事で罪が贖《あがな》われるとは思わないが、地獄への手土産くらいにはなるだろう。

女の顔にも、表情らしきモノが見える。視界が切り替わる寸前に見えた「何か」とはまた別のモノが。

大勢の敵を前にした女の横顔に、ほんの一瞬だけ、感情らしき何かがよぎったのを覚えている。おそらく、それが女を突き動かしていた。それが女に無謀とも呼べる行動を取らせた。

今、その「何か」は消えて、代わりに別の表情が浮かんでいた。たぶん、「満足」だろう。一人として討ち漏らさなかった、己の仕事に対する評価。辻斬りの男を殺した時にも、門番を殺した時にも無かった表情だった。

もう雨の音は聞こえない。少女の涙がゆっくりと零れる。動かなくなった女の顔は、少し微笑んでいるようにも見えた。

＊

音も無く少女が戻ってきた。まるで物語の雨に洗い流されたかのように、カカシの色が白くなる。

「本当の意味での自由なんて、始めから無いのかもしれない」

あの女性も、男装の少女も、自由を奪われて生きていたけれども、果たしてそれは彼女達だけだったのか？　あの物語の誰もが何かに縛られていたようにも見えた。

「過去や因縁。多くの鎖に囚《とら》われて、殆どの道は閉ざされてしまう。残された僅かな選択肢だって、自分の意思で選べるとは限らないわ」

カカシの手にしていた刀がゆっくりと宙に浮き、光る欠片へと変わる。周囲の水飛沫を煌《きら》めかせながら、それは少女へと吸い込まれていった。

「『怒り』……失われていた四つ目の欠片」

それは、物語の女性を突き動かしていたのと同じ感情。

「貴方の抱く『怒り』は、何への怒り？　とある誰か？　世界や運命？　それとも……自分自身？」

初めて出会った時に、少女の双眸《そうぼう》に滾《たぎ》っていたモノ。それを取り戻した今、少女は何を思うのだろう？

「……貴方にも、選択の時が近付いているわ」

次の領域へ向かう螺旋階段が現れる。鐘が二度、鳴った。走り出す少女の横顔には、これまでよりも強い「何か」が見えた。それが意思なのか、祈りなのか、怒りなのかはわからないが。

取り戻すべき欠片はあと二つ。選択の時はその後にやって来る。

ふう。四つ目の修復が終わったわ。砂から水へ、目先が変わって楽しかったけれど、疲れる事に変わりは無いのね。

「お疲れ様。そりゃあそうだと思うわ。砂の領域も、水の領域も、同じ『檻』でしょ？　やってる事は同じなんですもの。急に楽になったりしないわよ。気分のほうは、全然違うかもしれないけど」

そう……そうね。ええ。

「あら？　どうしたの？　何か、変な事を言ったかしら？」

ううん、変な事なんて言ってないわよ。ただ、急に口数が増えて、どうしちゃったのかと思って。

「ああ。そういう事ね。別に、どうもしないわ。お喋《しゃべ》りしたくなっちゃっただけ。聞き役に徹してるのも、もう限界っていうか。黙って頷《うなず》いたり、首を振ったりしてるだけのほうが、相手は話しやすいってわかってるんだけど。ママ、静かにしてるのは得意じゃないのよ。聞き役失格だわ。ごめんなさい」

こっちこそ、ごめんなさい。そうだったの。それで、ママはずっと黙って話を聞いてくれてたのね。

「柄にも無く、だけど」

でも、ママのおかげで、考えが整理できたっていうか。上手くまとまったっていうか。

不思議ね。ママが一方的に話してただけなのに。

「独り言って大事なんですって。鏡に向かって話していると、自分を客観的に見る事ができるって聞いたの。それで、試してみようかと思って。効き目はあったみたいね」

バッチリよ。ママは本当に良い聞き役だわ。ママも見習わなくっちゃ。

「そりゃあ、ママですもの」

ふふふ。その通りね。うん、ママも頑張るわ。心配事は尽きないけれど。

「心配事っていうのは、裏切り者の事？　不可抗力だって、言ったでしょう。気にしちゃダメよ。それに、もう済んだ話じゃない。あの運送屋、今となっては何もできないんだし。ね？」

それは、わかってるの。ただ。

「ただ？」

この先、同じ事が起きないとも限らない……いいえ、必ず同じ事が起きるわ。こうしている今も、敵は内通者を送り込んでる。でも、わかっていても捕まえられない。そう考えたら、何だか気が滅入ってしまって。

「それは『檻』の構造上、どうしようもないわ。そういうモノと割り切るしか」

やっぱり、そうなるわよね。

「でもね、打つ手が無い訳じゃないわ」

打つ手？　どういう事？

「敵が壊す以上の速さで、直せばいいのよ。裏切り者がやるのは、破壊工作でしょ？　どんどん直しちゃえば、裏切り者がやった事なんて無意味になるわ」

そう簡単に行くかどうか、わからないけれど、確かにそうね。何も出来ない訳じゃないわね。

「でしょ？　落ち込んでる暇なんか無いわよ」

ええ。本当ね。頑張らなくっちゃ。

「残る欠片《かけら》は二つ、ママのお仕事も大詰め。……もうすぐよ」

有り難う。今まで以上に良い支援者になれるように、努力するわ。それじゃあ、行ってきます。

第5章

突然、視界から色彩が消えた。通路の上は白く塗り潰され、空の色も白い。壁はこれまでと変わらない石造りでありながら、黒っぽく見える。風の冷たさから心地よさが失《う》せて、刺すような感覚がある。……寒い。

「一気に冷え込んだわね」

ここ『檻』では、所々、建物から細長い布が伸びている。長い布の端と端がそれぞれ別の建物に固定されて、吊り橋のようになっていたり、片側は固定されていなくて、旗のようになっていたりと、その様態に決まりは無いようだ。

砂の領域での布は乾いた風にたなびいていたし、水の領域では飛沫《しぶき》を吸って些《いささ》か重たそうに揺れていた。何の為にそんな布をぶら下げているのかはわからない。装飾なのか、風力や風向を計測する目的なのか。

ところが、ここではその布が凍り付いていた。風に揺れる事も無ければ、はたはたと音を立てる事も無い。薄くて白い板が放置されている、そんな案配《あんばい》だった。これでは風の計測にも使えないし、建物の飾りにもならない。かといって、撤去しようと考えた者もいなかったらしい。

「空から降ってくるこれは……」

花びらとも綿毛ともつかない、真っ白なモノが幾つも幾つも降ってきている。

「雪？」

そう言って、少女の横顔を覗《のぞ》き見る。この子は雪を知っているだろうか？　知っていたとしても、雪で遊んだ経験は無さそうだ。もしも、雪遊びをした事があるなら、雪景色を見て、少しは楽しげな表情を浮かべるに違いない。

おそらく、この子は雪が楽しいモノであるとは思っていない。また、恐ろしいモノであるとも思っていないのだろう。

雪は生き物から容赦なく体温を奪う。また、積もりに積もった雪は建物を押し潰し、山では雪崩《なだれ》となって動物も植物も何もかもを呑み込む。少女はそれを知らない。

「『檻』にも天気があるのね」

今更な話だろうか。水の領域の空には雲が浮かんでいたし、照りつけるような強い陽射しの場所もあった。快晴と薄曇り程度の変化ではあったが、空模様と呼べるモノがあったのだから、雨や雪が降っても不自然ではなかった。

改めて空を見上げてみる。雨空のような灰色ではない、白い空がある。雪を降らせる雲は雪よりも白く、眩《まぶ》しい。建物の庇《ひさし》や門には、幾本もの氷柱《つらら》が下がっている。それらは水晶のように透明で、先端が錐《きり》状になっている。まるで、自然という匠《たくみ》が鍛え上げた剣だ。

「まさか、こんな綺麗な景色が拝めるなんて……ママ、感激だわ」

全く心を動かされていない様子の少女に代わって、雪景色を賞賛してみる。誰も褒めてくれないのでは、この領域の設計者が些《いささ》か気の毒だ。

「ここに、五つ目の武器がある筈よ。それと、五つ目のカカシもね」

とはいえ、重要なのはカカシであって、それを取り巻く風景はほんのおまけ程度でしかなかった。少女の無関心はある意味、正しいのだ。

「さあ、黒いカカシの元へ向かいましょうか」

何処《どこ》も彼処《かしこ》も雪が降り積もって白い中、立ち上る黒い粒子は遠目にもわかりやすい。雪を踏む音を響かせて、少女は階段を駆け上る。雪景色に溶けていたカカシの輪郭が露わになった。

「これは……何かしら？」

風変わりな長柄《ながえ》の武器だった。よくよく見れば、穂先があるから槍だとわかる。だが、その穂先の横にもう一つ、三日月形の刃が付いていた。細い穂先に気付かなければ、やたらと柄の長い斧だと勘違いしそうだ。

「変わった形の槍だけど……なぜ？」

いずれにしても、物語を繙《ひもと》けば明らかになるだろう。取り戻すべき五つ目の欠片《かけら》が何であるのか、も。

遙《はる》かなる頂き「生き甲斐」

カカシの中も白かった。ただ、雪はすでに止んでいる。薄ぼんやりとした陽の光が射しているものの、暖かくはない。いや、はっきりと、寒い。

雪深い山道を、男は進んでいた。動く物も、音も無い。白く凍りついた景色が続く山道。男の白い息だけが進んでいる。

黒髪の姉妹が暮らしていたのとは、全く趣《おもむき》を異にする山だ。姉娘の弓の腕前を以《もっ》てしても、ここで獲物を狩って暮らしていくのは不可能だとわかる。ニンゲンの暮らしを拒むかのように、ただ冷たく、静まりかえった場所だった。

気がつくと、日が沈みかけていた。それでも男は決して歩みを緩めることはない。空の色が変わった。ニンゲンが暮らしていようがいまいが、陽は昇り、陽は沈む。ふと、男が立ち止まった。

道を阻《はば》む大地の切れ目。そのクレバスは底が見えないほどに深い。

途切れた道の脇には、ぽつりと木が生えている。枝も葉も無い。寒さのせいで立ち枯れてしまったのだろう。

男は懐《ふところ》から使い慣れた手斧を取り出した。不安定な足場を、バランスを取りながら歩いていく。

切り倒した木を橋にして、男は大地の切れ目を渡り始めた。丸木の橋は見るからに滑りやすそうで、長さのほうもぎりぎり向こうに届くといった案配である。慎重に歩を進める男の足許《あしもと》で、丸木がみしみしと嫌な音を立てる。

しかし、保たなかったのは木ではなく、大地のほうだった。男の重みに耐えきれなかったのか、凍り付いた木の硬さが災いしたのか、崖の一部が崩落した。……丸木の橋と共に。

男は存外、しぶとかった。咄嗟《とっさ》に向こう側の崖に飛びついたのだ。幸い、それ以上の崩落は無く、男はどうにか崖をよじ登る事が出来た。

そしてまた山頂を目指し、歩み始める。

男は何事も無かったかのように、淡々と山道を登っていく。呆《あき》れた事に、男の表情には些かの恐怖も感じられない。向こう側に飛びつくのが一瞬遅れていたら、或《ある》いは崩落の規模が大きかったなら、命は無かったというのに。

気がつくと辺りは月明かりに包まれていた。この山には不思議な魅力があった。

わからない。死にかけても魅力を感じるという考え方が理解できない。

夜の山は、昼のそれより危険だと、当然承知している。しかし、経験・体力・知恵・自信、それらが彼の背を押していた。

危険を承知で進まなければならない事もある。それはわかる。あの王子にしても、死を覚悟して父王を諌《いさ》めようとした。命令に逆らった機械兵もそうだ。暗殺を生業《なりわい》とした女も、そうした場面に幾度となく遭遇していたに違いない。だが、山道を行く男は、彼等とはどこか違う気がした。

その時、月夜に紛れ、男を窺《うかが》う獣の目が光った。

獣の群れだった。ニンゲンを捕食するという習性を持つ獣なのだろう。低く唸りながら、男の様子を窺っている。その群れへと黒い鳥が舞い降りた。

男はたった一人で三体の黒い獣へと立ち向かう。傍《かたわ》らに味方がいない、その様子がとても自然に見える。単独で危険な山へ踏み込む男には、共闘という言葉はそぐわない。そして、それが可能な程度に男は強かった。

それなりの時間を要したものの、男は黒い敵を消し去り、再び狼の群れの前に居た。

男は落ち着いた様子で、狼の群れと対峙《たいじ》する。走らない、背を向けない、目を合わせない。

男がじりじりと後ずさる。狼達との間に少しずつ、少しずつ、距離が生まれる。

そして、トドメの一喝《いっかつ》。

分が悪い相手だと認識したらしく、狼達は雪景色に紛れるようにして姿を消した。男が距離を作っていたのは、狼達に逃げる余裕を与える為だったのだろう。逃げ道が無ければ、反撃するしかなくなる。

狼の群れを追い払った男は、再び山道を進む。

雪がちらつき始めていた。風も出てきた。男が進むにつれて、それらは次第に勢いを増していく。いつの間にか、空の月が雪と風に隠されてしまった。吹雪になったのだ。

ここはかつて、誰も登頂《とうちょう》を成し得たことがないと言われる山。男はこれまでいくつもの名峰《めいほう》を制してきた冒険家だった。厳しい自然を通じ、いかなる時も生と死の境界線を探していた。それを発見することが己が生きる理由であると信じて。

激しく吹き付けてくる雪と風に阻《はば》まれて、男の足が初めて鈍る。大地の切れ目にも、狼の群れにも怯《ひる》まなかった男だが、山の悪天候だけは別らしい。それでも男は引き返そうとはしない。……やはり、理解できないと思った。

＊

槍の形は、どうやら手斧に由来しているらしい。険しい山へと分け入った男が携帯していた、道を拓《ひら》く為の武器だ。

「今度は冒険家の記憶？　なんだか強そうなオジサマだったわね」

少女の手に槍が吸い込まれていく。どこか面白く無さそうな様子に見えるのは、気のせいだろうか？

「ママ、登山はした事が無くて……ほら、ママは……地に足ついてないって言うか……」

皆まで聞かずに、少女が走り始める。登山には興味が無いのか、わざわざ山なんて登るまでもなく、『檻』の中をひたすら上っていると言いたいのか……。

真っ白な雪の向こうに黒い壁が見えてくる。少し前には、黒い鳥も居た。砂の領域や水の領域と同じく、ここ雪の領域にも敵は居る。

「黒い敵は……寒さを感じないのかしら？」

勿論、答えは知っている。けれども、何か会話をしていないと、少女が凍えてしまいそうな気がしたのだ。

「貴方は寒いでしょ？　薄着だし」

剥《む》き出しの手足に容赦なく雪が吹き付けている。はっきり言って、見ているこちらのほうが寒い。

「本当に寒くない？　ママが暖めてあげましょうか？　ほら、遠慮しなくていいのよ？」

少女は一瞥《いちべつ》もくれずに走り続けている。鬱陶《うっとう》しい、とでも言いたげだ。実際、話しかけられるのが煩わしいのかもしれない。寒さを会話で紛らわせればと思ったが、余計なお世話だったようだ。

それに、この子はお喋《しゃべ》りを楽しむような女の子じゃない……。

「わかりました。ママ、静かにするわね」

ちょうど黒い粒子が立ち上っているのが見える。カカシの中も雪景色だけれども、『檻』

の中のような寒さは感じない筈だ。

さあ行きましょう、とうっかり声に出しそうになり、慌てて口を噤《つぐ》む。危なかった。静かにすると言ったそばから喋る訳にはいかない。カカシに吸い込まれていく少女に、ただ手を振るだけに留めた。

遙かなる頂き「不退転」

雪山は激しい吹雪に覆《おお》い尽くされていた。凍てつく風と雪。男の足取りも重い。どうせ中も外も変わらないと思っていたが、カカシの中に入るなり、視界が白く煙《けぶ》った。外のほうがだいぶマシだった。風の強さも前進するのに難儀する程ではなかったし、視界もここまで悪くなかった。

疲弊しきった目に映ったのは、人ひとりが休めそうな岩陰。

男が岩陰に腰を下ろした。外である以上、寒さそのものに大差は無い。だが、雪と風を避けられれば、体力の消耗は全く違ってくる。男が安堵《あんど》したように息を吐く。

気持ちに余裕が出来ると、懐に忍ばせた手紙の事を思い出した。

お父さん、早く帰ってきてね、お母さんと待ってるよ……。

短い線が乱雑に並んでいる紙片だった。それらを「文字」として理解する事は叶わないが、意味ならわかる。片隅に描かれたニンゲンの絵もわかる。左端の一人が「お父さん」で、この男だろう。随分と簡略化された絵だったが、顔に髭を生やしているから間違いない。だとすれば、右端が「お母さん」で、男の妻。真ん中の小さいニンゲンが、娘。

この山へ挑む直前に、娘が贈ってくれたものだ。もう一度懐を探り、手作りのお守りを取り出した。ややいびつな形が凍てついた男の頬を緩ませる。

木切れを赤い紐《ひも》で括《くく》っただけの「お守り」は、一体何を象《かたど》ったモノなのか、よくわからない。だが、自分の知る限りでは、ニンゲンの子供は概ね要領が悪く、手先も不器用だ。これでも、頑張って作ったのだろう。

立ち上がった男の足には力が溢《あふ》れていた。

岩陰に座り込むまでは、今にも倒れるのではないかと思われる程、覚束《おぼつか》ない足取りだったのに、今は別人のようだ。「お守り」とやらの効果だろうか。

この男には、ちゃんと妻と娘が居る。無事を祈ってくれる家族が居る。なのに、男は一人で危険な山へ来た。生と死の境界線、などという在るかどうかさえ定かでない曖昧《あいまい》な目的の為に。……愚かな男だ。

やがて、雪と風が止み、空には再び月が姿を現していた。月の光が雪を照らし、先刻までと打って変わって視界は良好だった。静まりかえった中、雪を踏む音だけが響く。

山の中腹には、氷の湖が広がっていた。

吹雪が止んでいるおかげで、凍り付いた湖面が見て取れる。強風に吹き飛ばされてしまったのか、氷の上に雪は殆ど積もっていない。粉をまぶし付けたように、うっすらと残っているだけだ。

その氷の上に何か在る。ニンゲンだ。倒れ伏しているニンゲンもまた雪塗《ゆきまみ》れだった。転がっていた死体は、格好を見るに登山家のようだ。ここで力尽きたのだろう。登山家の無念が死霊となって闇を広げた……。

骸《むくろ》が死霊となるより先に、黒い鳥の群れが舞い降りる。取り憑かれた骸が黒く膨れ上がり、細かな粒子となって弾けて視界を覆う。ここだけを見る分には、物語と概ね一致している。物語の闇を広げたのは死霊で、この闇は黒い敵が広げたという違いはあったが。

どちらにしても、迷惑な話だ。ここで死んだ登山家は無念だったかもしれないが、だからといって見ず知らずの男の視界を闇で覆って良い道理が無い。どうも、ニンゲンは時折、こうした迷惑な事をやらかすようだ。確か、八つ当たり……とかいう行為だったか。

黒い敵は、先刻の狼に似ていた。地を這う鳥のような個体も居る。直立歩行をする大型の個体も。まるで、八つ当たりをする為に手当たり次第かき集めて来たかのようだ。

寄せ集めの敵を蹴散らすのは、容易《たやす》い事だった。これなら、死霊というモノのほうが余程手強いかもしれない。実際に戦った経験がある訳ではないから、断言はできないが。

黒い敵が消え去り、視界が戻る。男が跪《ひざまず》いていた。登山家の骸を覗き込んでいる。何か気になるモノがあるらしい。

遺体の傍らには、一冊の手記が落ちていた。その手記には、この山へ挑んだ事への後悔、そして残してきた家族への謝罪。寒さに凍えていたのか、悲しみに暮れていたのか、その文字は微《かす》かに震えていた。

どんなに後悔しても、その登山家が生き返る事は無い。謝罪の言葉を何十回綴《つづ》っても、それが家族の許《もと》へ届く保証も無い。

愚かな、と思ったが、他人の事を言えた義理ではなかった。選んだ道を悔いた事がある身としては。目的に向かって突き進む者は、その目的の是非など考えもしない。その目的地が間違っているかもしれない、などとは毛筋程も疑わないのだ……。

無言のまま、手記を骸の傍らに戻し、男が立ち上がった。

＊

少女の血色があまり良くないように見えた。カカシの中も外も寒かったからという訳ではないだろうけれども、唇の色が白い。どこか痛いのかもしれないし、苦しさを感じているのかもしれない。

気になって仕方が無かったが、訊けない。「静かにする」と約束してしまった。少女を不快にさせるような事はしたくない……。

言葉を呑み込み、息を止める。そうでもしていないと、つい喋ってしまいそうだ。苦しい。口を噤《つぐ》んでいるのがだんだん辛くなってくる。苦しい。呼吸だけして黙っていればいいのはわかっているけれども、それができるのなら、苦労はしない。苦しい。苦しい。苦しい。

もう我慢できない。たまらず息を吐く。

「無理！　ママ、『静かにしてる』って約束したけど、無理でした！」

ああもう！　喋らずに聞き役に徹するのがこんなにも大変だなんて！　ほんと、もう無理。絶対無理。人の事は言えないわ……。

「雪で足を滑らせないよう、気を付けてね」

言葉に出すと、ほっとした。お節介なのは性分、だ。ちょっとくらい鬱陶しくても、諦めてもらうしかない。

手摺《てす》りの無い細い階段を上り、屋外の通路に出ると、急に風が強くなった。雪も降り続いているせいで、視界が悪い。

「吹雪《ふぶ》いてきたわね……。早く先へ進みましょ」

風がどんどん強くなり、「早く」進みたくても進めない。向かい風だった。少女が腕を顔の前に回し、視界を確保しようとしている。一生懸命に足を動かしているようだったが、じりじりとしか前進していなかった。小柄な身体では、飛ばされないように足を踏ん張るだけで一杯一杯なのだろう。

白く煙る視界の向こうに、何かが動いた。目を開けていられない程の風のせいで、それが間近に来るまでわからなかった。気がつけば、少女の目の前に怪物が立っていた。

怪物から音が聞こえる。いや、声だ。怪物が何か言っている。ただ、その声は風の音に紛れてしまって、切れ切れにしか聞こえない。これが人ならば、表情や口の動きから察する事も出来たかもしれないが、表情どころか目鼻も定かではない相手である。

怪物は物問いたげな様子でもあり、悲しげな様子でもある。混乱しているようにも見える。……あくまで、「見える」というだけで確証は無い。

少女が怪物に向かって足を踏み出した。しかし、今回も怪物は逃げるように去っていった。その逃走を助けるかのように、一際《ひときわ》強い向かい風が少女へと吹き付ける。その場に足止めされた少女が再び歩き出した時には、怪物の姿は何処にも無かった。

「……何かを言いたいのかしら？」

心なしか、少女の肩が落ちる。少女のほうこそ、何かを言いたかったのかもしれない。

「向こうにカカシが見えるわよ」

少女の肩越し、通路のずっと先に黒い粒子が立ち上っている。吹雪の中でも、いや、真っ白な吹雪の中だからこそ、カカシの黒は目立つ。

ここで気落ちしている場合じゃないでしょう？　貴方の目的は何だった？　わかってる

わよね？　今は、やるべき事、出来る事だけを考えて。ね？

それを口に出す代わりに「あれで三つ目、張り切って行きましょう」とだけ告げた。

遙かなる頂き「呵責《かしゃく》」

男の前に巨大な崖が立ちふさがる。

崖というよりも、岩の壁だと思った。足場に出来るような凹凸《おうとつ》が極端に少ないのが一見してわかる。

ここを登りきれば、山頂にたどり着けるはずだ。かじかんだ手を硬く握り、男は自分を奮い立たせた。

男が崖を登っていく。……無茶だ。凍り付いた足場は滑る。何より男は疲れている。岩を摑む腕が小刻みに震える。吹き付ける風が僅かに残った体力を容赦なく奪っていく。

もういい、さっさと引き返してしまえと、男に言ってやりたかった。間違った道を進んでいるのかもしれない、だったら引き返して仕切り直すのが賢明なやり方だろう？　まだ間に合う。間違った目的地へ着いてしまったら、取り返しがつかなくなる。その前に……。

当然の事ながら、それが男の耳に届く筈もない。

男の身体が宙に浮いた。ほら見ろ、さっさと引き返していれば、と思わず呟《つぶや》く。手を滑らせたのか、足を踏み外したのかはわからない。崩れた岩の欠片と共に、男は落下した。

雪が積もっていたとはいえ、崖下に叩きつけられた男はしばらく動けなかった。

ようやく起き上がった男は、よろめきながら崖へと向かう。呆れた事に、まだ先へ進もうとしているらしい。多少なりとも体力が残っているうちに下山すべきだろうに。

男の頭の中は、この山を制したいという願いだけで占められている。判断力や冷静さを奪う、願望というモノに取り憑かれているのだろう。

しかし、願望というモノは時に途轍《とてつ》も無い力を与えてくれる。だからこそ、厄介《やっかい》なのだ。

凍えきった体には無謀に思えた崖を男はついに登りきった。

どうやら、男はまた一歩、目的地へと近付いたらしい。そこに幸せが待っているとは限らないが、少なくとも今、男は満足しているに違いなかった。

人跡未踏と言われた山頂には、驚くべき事に朽ちた神殿があった。その不思議な光景に導かれるように進む。

この山を制したのは、男が初めてではない、というだけの事だ。その点は不思議でも何でもない。ただ、朽ちていたとはいえ、大きく立派な神殿である。これを建てるには、それなりの人数を要しただろう。あの険しい山道を大勢が行き来し、石だの丸太だのを運び上げた……というのは、確かに不思議な話だった。

装飾が施された石の柱に、規則正しい石積みの壁。回廊の跡だろうか？　男は子供のように周囲を見回しながら、先へと進んでいく。この神殿は何時の時代に、何者が、何の目的を以《もっ》て建てたのか、そのどれもが謎に包まれている。男の目が輝く。冒険家を自称する男にとって、眼前の不思議を見出した事は、山頂を極めた事に並ぶ喜びなのだろう。

やがて、屋根が残っている建物が見えてきた。危険な獣が棲み着いているかもとか、建物が倒壊するかもとか、そうした警戒の念を全く抱いていないらしく、男は即座に建物の中へ足を進めた。と、その足が止まる。

建物の中には、大人の腰程の高さの台が設《しつら》えられていた。そこに、女が横たわっている。大きく膨れた腹部を上に向けていた女が、不意に目を開け、上体を起こした。男が目を見開く。

そこで出会ったのは、いるはずのない男の妻だった。

ずっと待っていたのよ、あなたを……と、女が呟く。一体、この女はどうやってこの場所へ入り込んだのだろう？　あの壁のような崖をどうやって登った？　部屋着のような軽装で、あの寒さをどう凌《しの》いだ？

しかし、それらの疑問の答えは与えられなかった。黒い鳥の群れが女に取り憑いたのである。

現れたのは、先刻見た、地を這う鳥のような形の敵だった。それが複数。それらの向こうにも敵がいた。女。……男の妻だ。

女は宙に浮いていた。服の裾《すそ》から、二本の手が覗いている。肉の付き方からすると、大人の手ではなく、子供の手のようだ。アレはまさか、赤子の、まだ腹の中にいる筈の赤子の手……なのか？

黒い敵と混ざり合ったような姿となった女が襲いかかってくる。女の顔は笑っているようでもあり、恨めしげに睨《にら》んでいるようでもあった。不意に、女の口が動く。

『なぜ、あなたは私たちを置いて……もうすぐこの子も生まれるのに……』

本当に女が恨んでいるのか、黒い敵がそう言わせているのかは定かではなかった。しかし、男にはどちらでも同じなのだろう。男はただただ槍を振るっている。

女が哄笑《こうしょう》とも悲鳴ともつかない声を上げる。男は槍を振り回し続ける。鋭い穂先が女の胸を、腹を、幾度となく抉《えぐ》る。

ようやく辺りが静かになった。黒い敵も、男の妻も、いなくなっていた。先刻と同じ建物の中で、先刻と同じ台の上に、女が横たわっている。女は目を閉じたまま動かない。男が恐る恐るといった体で女を覗き込む。

目を凝らして再び女を見る。妻だと思っていたそれは、見知らぬ妊婦の凍死体だった。

凍死体は、不格好なお守りを握りしめていた。そのお守りは、娘からの贈り物によく似ていた。

見知らぬ女を妻と見間違えたのは、膨れた腹部のせいなのか、娘が作ってくれたのとよく似たお守りを手にしていたせいなのか、それとも……妻と娘への罪悪感のせいなのか。

……山を下りよう。幻覚まで見た男は、家族の元へ帰る決意を固めた。

ようやく、か。些《いささ》か遅い気もしたが、それでも帰ろうと決めたのだ。取り返しが付かなくなる前に決意できたのだから、男は運が良い。後悔してもどうにもならない絶望を味わわずに済むのだから……。

＊

開いた口が塞がらない。冒険家が聞いて呆《あき》れる。

「妊娠中の妻を置いて登山だなんて、酷《ひど》い男ね」

しかも、娘だってまだ小さい。あの不格好なお守りは、年端のいかない子供の手によるものだとわかる。その娘の世話をしながら、大きなお腹を抱えて……どんなにか心細かった事か。

ただ、少女には子育てや妊娠中の大変さなど想像もつかないのだろう。取り立てて憤りもせず、呆れもせず……要するに、いつもと何ら変わらない様子で武器に手を伸ばした。

風変わりな槍は、少女の手に吸い込まれて消えた。

「とにかく、先へ進みましょう。吹雪も収まってきたみたいだし」

ところが、視界は良好になってきたものの、今度は足場が怪しくなってきた。広場と広場を橋が結んでいる場所に出たのだが、その橋というのが……布だったのである。

「ここ、凍った布が橋になってるのね……」

凍っているおかげで形を保ってはいるが、果たして歩いて渡れる程の強度があるのだろうか？　いや、強度があろうとなかろうと、先へ進むにはこれを渡るしかない。辺りを見回しても、迂回路《うかいろ》と思《おぼ》しきモノが全く無いのだ。

「滑ったり、足場を崩さないように気をつけてね。落ち着いて、小さな歩幅で歩くと良いって聞いたわ。あとは、前のめりに足裏全体で……」

少女が凍った布の上をすたすたと歩いて行く。歩幅はいつもと同じ、前のめりにもなっていない。爪先で蹴るような早足のせいで、少女が一歩進むたびに音を立てて亀裂が走った。

「……ママの話、聞いてる？」

聞いていなかったのだろう。一言たりとも。でなければ、こうも正反対の行動を取る筈が無い。わざと助言に逆らう程、少女は天の邪鬼《あまのじゃく》ではないし、それが無意味であるとわからない程、愚かでもない。単に、話を聞いていなかっただけだ。……それはそれで、寂しいけれども。

少女が渡りきった直後、凍った布が粉々になって落下した。途中でぐずぐずしていたら、危なかった。用心深く歩くより、何も考えずにさっさと渡るのが正解だったようだ。

「雪の『檻』って、景色は綺麗なんだけど……危ないのよね。あまり長居はしたくないっていうか」

ちょっと吹雪けば視界が悪くなり、凍結のせいで足許が滑る。そればかりか、何もかもが凍り付くような場所でなければ、ただの布を橋にしようなどという無謀な発想は出てこなかったに違いないのだ。

「次の記憶を修復したら、雪の『檻』も見納めかしら」

寒いのも危ないのも、もうすぐ終わりだと思うと、ほっとした。それが拙《まず》かったのかもしれない。安心安全というモノは逃げたがり、と誰かが言っていたような覚えがある。

一難去ってまた一難、という言葉が脳裏をよぎる。目の前から道が消えたのだ。いや、道は続いていた。何の前触れもなく坂になっていた為に、視界から外れただけだった。

「坂道……大丈夫かしら？」

これまではひたすら上り坂と上り階段だったが、今回は下り坂だった。それも、かなり長く、勾配《こうばい》も急である。しかし、少女は例によって大胆に足を踏み出す。次の瞬間、少女の身体が沈んだ。危ない、と少女の服を摑もうとしたが、それこそ無謀だった。伸ばした手ごと引っ張られた。

凄まじい速度と、滑落する感覚とが同時にやってくる。耳許で風が鳴る。ひゃああっ、と奇天烈な声が聞こえる。……自分の声だ。くすぐったいような感覚が湧き上がってくる。

雪の坂道を猛烈な速さで滑り降りている。コレ楽しい、滅茶苦茶に楽しい、と気付く。

すとん、と軽い衝撃と共に滑落が止まった。お尻が冷たい。よくよく考えてみれば、宙に浮いていられるのだから、一緒になって雪滑りをする必要など無かった。

「でも、中々楽しかったわ！」

楽しかったんだから、それで良し。深く考えるのは止め、だ。

「そのうち、また来ようかしら」

長居はしたくないと言った舌の根も乾かぬうちにと、我ながら呆れてしまう。それも、深く考えるのは止め、だ。

いずれにしても、あっという間に坂を滑り降りたおかげで、最後のカカシへの到着もあっという間だった。滑り落ちた地点からカカシまで、幾らも無い。少女が雪を蹴って駆け出す。

さして長くもない橋の向こうに、広場がある。真円ではなく、星のような形の広場だ。その中央に、黒いカカシが佇《たたず》んでいる。

「それじゃあ、槍の記憶、最後のカカシに入りましょう。冒険家の彼は、無事に家に帰れたかしら？」

遙かなる頂き「願い」

またも雪景色だった。先刻までは山の中、今は森の中という違いはあったが。

雪がしんしんと降り積もる森の中、明かりが灯る家がひとつ。

家の中には、身重の女と少女がいる。大きな暖炉には火が入り、時折、薪《たきぎ》の爆《は》ぜる音がする。家の中を照らす明かりの他に、窓辺には燭台《しょくだい》が置いてある。遠くからでも窓の明かりが見えるように、という事なのだろう。

女は大きな腹をさすりながら、暖炉に新しい薪をくべ、棚の上の酒瓶の埃《ほこり》を拭《ぬぐ》った。その仕種で、自分の為の酒ではなく、夫の為に用意してある酒だと察せられた。

『お父さん、早く帰ってこないかな』

テーブルで俯《うつむ》いて何かをしていた少女が顔を上げ、呟く。舌っ足らずな喋り方は、幼い子供特有のものだった。少女の手許には、紙が広げてある。見覚えのある絵だ。大人二人の間にいる子供。……あの男が懐に入れていたのと同じ。という事は、この二人があの男の「妻と娘」で、ここが「家族の待つ家」なのだ。

女は少女の頭を撫でると、椅子に座って繕い物を始めた。男物の上着で、針を通すのに難儀する程に分厚い。成る程、これなら山中の寒さにも耐えられる。己の目的しか頭に無いような男を、女は心の底から大切に思っているらしい。

山頂の神殿で見た幻に出てきた女は、男を恨んでいた。あれは、男の後ろめたさが言わせた言葉だった、という事か。
　ゴンゴンと乱暴に扉を叩く音が聞こえた。
お父さんだ、と少女が嬉しそうに立ち上がり、扉へと駆けていく。身重の女が立ち上が
った時には、少女はもう扉を開け放っていた。戸口に立っているのは、紛れもなくあの登
山家の男……だが、妙だ。
　乱暴に扉が開き、そこに立っていたのは、父親の姿をした異形《いぎょう》の何かだった。
少女が目を見開く。あの男の服を纏《まと》った異形のモノに黒い鳥が取り憑いた。
黒い敵と戦うのは、あの男ではないのか？　なぜ、あの男の姿をした異形がここに居て、
黒い敵と化している？　家へ帰ると決めた筈の男は、何処に？
　地を這う鳥のような個体や、男とよく似た上着を纏った個体を倒した後も、ただ嫌な予
感だけが残っていた。物語の修正を終えても、待っているのはどうせ碌《ろく》な結末じゃない、
そんな予感が。
　黒い鳥が舞い降りる直前まで物語が巻き戻り、お父さんだ、と少女が嬉しそうに立ち上
がった。身重の女も立ち上がる。少女が扉を開け放つ。しかし、そこには誰もいなかった。
怪訝《けげん》そうな顔で、少女が首を傾《かし》げる。
　扉を叩く音は、風のいたずらのようだった。
女が扉を閉める。娘と同様、夫の帰宅を楽しみにしていたに違いない。その顔に失望の

色が滲《にじ》む。一方、少女のほうはもう気持ちを切り替えたようだった。お母さん、あのね、と楽しげに喋っている。

『お父さんが帰ってきたらね、私が作った手袋あげるの！』

ふふ、と女が微笑む。娘の言葉に救われたのだ。子供の無邪気さは、時にどんな薬よりも効く。大きな暖炉よりも温もりを与えてくれる……。そう、あの子のように。

『お父さん、きっと喜ぶわ』

あのお守りのような不格好な手袋なのだろう。だが、それを手にした男は嬉しそうに頬を緩ませるのだろう。その様子が目に見えるようだった。

と、女が眉根を寄せて腹を押さえた。くぐもった呻《うめ》き声がその口から漏れる。

妻は大きいお腹を押さえ、その場にうずくまる。新たな命が今にも生まれようとしていた。

と、出し抜けに周囲が暗くなった。女も、少女も、いない。赤々と燃える暖炉の火も、窓の外を照らす燭台も。その何もかもが無くなった闇の中に、男が横たわっている。

男は暗闇の中にいた。全身に激痛が走る。身動きすらままならない。

ここは、何処だろう？

それでも、懸命に手足を動かすが、身体はどんどん重くなっていく。

寒い。氷のような闇だ。男は生きながら氷漬けにされているようにも見える。

身体が冷たくなっていく中、男は悟る。

男の脳裏に浮かんだのは、あの壁のような崖から転落した瞬間だった。

「そうか、俺は、とっくに……」

ここは、崖下だった。起き上がって再び崖を登った記憶は、男の錯覚に過ぎなかった。幻覚は、妻そっくりの女だけではなかった。朽ちた神殿も、建物の奥に横たわっていた妊婦の遺体も、何もかもが幻覚だった。人跡未踏の山頂に神殿という不思議は、そもそも実在していなかった。

すでに感覚を失ったその手を男はそっと懐に入れる。娘の作ったお守りには、まだほのかにぬくもりが残っていた。指先に家族を感じながら、男はゆっくりと目を閉じた。

横たわる男の傍らに、身二つとなった妻と娘が佇んでいる。それも幻だ。男の姿と共に、赤子を抱いた女も少女も闇に溶けて消えた。

＊

「家族の姿は幻だったのね」

何か苦い味のモノを口に入れてしまったような、少女はそんな表情を浮かべているように見えた。山を制したいという身勝手な願望一つで家族を捨てた男を哀れんでいるのか、自業自得と蔑《さげす》んでいるのか、それはわからない。

「強く在ろうとしても、人は一人では生きていけない。悲しい男の物語だったわね……」

家族の許へ帰ろうと決意した時には、すでに男は瀕死だった。一人では生きていけないと気付くのが遅すぎた。それならいっそ、家族を顧みる事無く、身勝手なままで死んでいったほうが幸せだったのかもしれない。あの男にとっては、だが。

カカシの手にした槍が光る欠片に変わり、少女の手へと吸い込まれていく。その欠片の名は、悲哀。

「誰の生涯にも、宿命の様に悲哀は待ち受けているわ。それでも、前に進まなくちゃいけない時がある。……貴方もそう。その為に、ここまで来たのでしょう?」

進んだ先にあるモノの為に。全てを擲《なげう》ってでも果たさなければならない目的の為に。

螺旋《らせん》階段が下りてくる。鐘が一つだけ、鳴った。残る欠片は一つだけだと告げているかのように。

「行きましょう。最後の欠片を取り戻しに」

「お疲れ様。五つ目の欠片《かけら》も手に入ったみたいね」

ええ。妊娠中の奥さんを放り出して山登りに行っちゃうような最低男の物語だったけど、ちゃんと修復できたわ。

「妊娠中の奥さん？　放り出して？　何ソレ⁉　どういうコト⁉」

聞いてよ、それが酷《ひど》い話なのよ。……って、こんな下世話な話で盛り上がってる場合じゃないわね。

「それもそうね。次はいよいよ最後の修復ですもの」

そういえば、またあの子に会ったの。雪の領域に居たのよ。

「あの子？　ああ、あの子ね」

いつも、何の前触れも無く、私達の前に現れるの。そのくせ、すぐに逃げていってしまう……。

「一体、何がしたいのかしら？」

そうなの。本当、それ。何がしたいのって思うんだけど、わからないのよね。わからないといえば、水の領域に音が鳴る階段があったんだけど、あの子、そこで遊んでいたのよ。

「音が出る階段って？」

どういう仕組みなのかはわからないけど、踏むと綺麗な音が出るの。それぞれの段で違う音が出るから、まるで大きな楽器みたいな感じ。

「あの子が楽器で遊んでいた？」

そんなふうに見えたわ。でも、ヘンでしょ？　あの子、自我を失ってる筈なのに。

「ああ、そうだったわね。あの子は自我を失って、『檻』の中を彷徨《さまよ》っている……確かにヘンね。だったら、なぜ、姿を現したり、逃げたりするのかしらね？」

本能に根ざした行為、とも考えられるけれど、本当の所はわからないわ。

「自我を失ってもなお、伝えたい事があるとか？」

かもしれない……。そうだわ、あの時！

「あの時って？」

雪の領域で、あの子が何か言おうとしてるみたいに見えたの。ただ、酷い吹雪だったから、何も聞こえなかったんだけど。せめて、もう少し風が穏やかだったら、何か手掛かりが得られたかもしれないのに。

「残念だったわね。でも、焦らなくても、もうすぐ結論が出る……」

そうよね。次が最後だもの。あの子が、いえ、あの子達が幸せになれればいいんだけど。

「大丈夫、幸せになれるわよ」

ええ。あの子達が心から笑えるように……見守るわ。残り少ない道行きだけど。

「あと一息ね。頑張って」

何だか緊張してきちゃった。なーんて甘えた事は言ってられないわね。行ってきます。

良い報告を期待していてね。

「ええ。先に行って待ってるわ」

第6章

砂でもなければ、水でもない、まして雪でもない領域だった。最後の欠片《かけら》に至る『檻』は、ただただ石の色をしていた。

通路も階段も建物も、何もかもが石造りなのだから、当然と言えば当然なのだが、それでも、これまで見てきた石の色とは違う。砂の領域の石は白茶けた色をしていたし、水の領域の石は濃い灰色だったし、或《あ》るいは雪の領域の石は凍り付いて黒っぽくなっていた。ここ、石の領域では、石本来の灰色……いや、あらゆる色彩を取り去った無彩色だった。

「ここが、貴方の旅の終着点」

同時に出発点でもある。この黒服の少女との道行きは『檻』を遡《さかのぼ》る旅だったのだから、本来の、少女自身の出発点はこの領域だ。

「最後の記憶、その修復をする時が来たわ」

至る所が崩れ落ちた通路を抜け、長い階段を少女が駆け上る。吹き上げてくる風の音は変わらないのに、ここには砂も水も雪も無い。色の無い太陽が光を放つ空に青さは無く、恰《あたか》も白い霧が立ちこめているかのようだった。

階段を上りきると、円形の広場だった。中央にある小さな石柱へと少女は進んでいく。

もはや説明の必要も無い。

「失った全ての物を取り戻し、貴方の願いを……。果たす為に」

少女が手をかざすと、石柱に光が走り、広場全体が上昇を始めた。エレベーターになっていたのだ。

結構な速度だった。無防備に立っていたら、尻餅をついてしまいかねない程の。勿論《もちろん》、少女は平然とその場に立っていた。エレベーターに慣れているのがよくわかる立ち姿だ。

上昇が止まると、広場の向こう側に橋が延びていた。その先は、多角形の広場になっていて、黒い粒子が立ち上っている。カカシだ。見れば、これまでとは異なった形状の武器を手にしている。

大きな球体が二つ。これは、格闘用の武器だろう。二つあるのは、それぞれ手に填《は》めて使う為だ。

「このカカシに刻まれているのは、貴方達の記憶」

少女がカカシに向かって手を差し伸べる。

「始めましょう」

少女が吸い込まれていく。行ってらっしゃいと手を振る必要も、無い。

贖罪《しょくざい》：黒「世怪《せかい》」

ここは……？　思わず周囲を見回しそうになった。見回しそうになったが、すぐに思い直して止《や》めた。物語の世界で、わざわざそんな事はしなくて良い。

あちらこちらに生えている歯車、空に浮かぶ歯車、歯車とは異なる円盤状の何か、氷柱《つらら》を逆さにしたような突起物が幾つも、幾つも。ああ、此処《ここ》は見知った場所。知りすぎる程知っている場所だった。

そして、物語の中で佇《たたず》んでいるのは……怪物。『檻』の中で、幾度となく追いかけ、逃げられたモノと同じ姿。

ゆっくりと怪物が動き出す。尖った足が地面を蹴るたびに、さく、さくと音がする。それは、砂を踏む音にとても似ていた。いや、逆だ。初めて砂を踏んだ時、此処の地面に似た音がすると思ったのだ。

進んでいくと、あの白い浮遊物……ママが居た。杖の少年の物語を初めて修復した時にもカカシの中に現れたが、今回は些《いささ》か違う。あの時は、物語に割り込むようにして現れて、長々と講釈を垂れ、唐突に消えた。今は、物語そのものと同化している。

『いらっしゃい。遅かったわね』

そういえば、カカシの中に入る際、いつもならば「行ってらっしゃい」と、手とも足ともつかない何かを振っていたが、今回はそれが無かった。成る程、自分もまたカカシの中に居るからだったのか。

『これが、最後の記憶。最後の物語』

カカシの外とは声が違う。この世界の言葉に合わせているのだろうか。

『さぁ、先に進みましょう』

このカカシの中でも、外と同じようにママが先導するらしい。

『この記憶は、他の記憶と在り方から異なる物』

言われなくてもわかっている。これは、俺の記憶だ。自分自身の記憶を読んでいる。在り方も異なるだろう。

『その中の世界も、酷《ひど》く不安定な状態だわ。迷わないよう、ママに着いて来て』

迷うものかと思ったが、カカシの中だ。見知った場所で道を見失う事もあるかもしれない。緩やかな上り坂、平坦な道、そして、緩やかな下り坂をママの先導で進む。

しばらく行くと、道端に座り込んでいる怪物が居た。どこか呆然《ぼうぜん》とした様子で、ぶつぶつと何やら呟《つぶや》いている。近づくにつれて、ソレが何を言っているのかが聴き取れるようになった。

『あぁ……もっとだ……まだ足りない……』

何が「もっと」なのか、何が「まだ足りない」のか、勿論、知っている。知っているからこそ、聞きたくなかった。耳を塞《ふさ》ぎたい衝動に駆られた。

『ここは貴方のような怪物達の住む世界。……当然のことだけれど、ヒトの住む世界とは似ても似つかないわね』

カカシの中で、ヒトの住む世界を幾つも幾つも見た。石の建物、木の建物、金属の建物、そのどれでもない建物。どれも、俺の知る世界には無かったモノばかりだった。

『あら？　あそこに居るのは？』

遙《はる》か前方に、黒い塊が見えた。目を凝らせば、不規則に蠢《うごめ》いているのがわかる。

『怪物……貴方と同じ種族の怪物みたい』

わかっている。遠目であっても見間違えたりしない。豆粒程の大きさであっても、ニンゲンがニンゲンの姿を識別できるように。

『なんだか楽しそうね。何を話しているのかしら』

連中が何を話題にしているのか？　わかりきった事だろうに。いや、わかって言っているんだろう。

ママがわかりきった事を言うのは、それなりの理由があるようだ。たとえば、事実の確認。或《ある》いは、失念しない為の強調。そして、単なる無駄話。どの理由が一番多いかは、それこそわかりきった事だ……。

『なんだ？　この夢はやらないぞ？　欲しけりゃ自分で取ってくるが良いさ』

近づくと、そいつは意地の悪い口調でそう言った。煌《きら》めく欠片を手の中で弄《もてあそ》びながら。

その隣にいる怪物も、煌めく欠片を手にしていた。

『新しい夢……これでまた一つ……こうしていれば……いつかは……』

背中を丸めて、大切そうに欠片を眺めている。かつて、同じ事を俺も考えていた。いつかは、と。

たまらず顔を背ける。この場から離れたいと思った。しかし、後ずさった足が何かにぶつかった。別の怪物が座り込んでいたのだ。

『ウウウッ……貴様ハ……』

待って、とママが叫んだ。他にも何か言っていたようだが、その先は聞こえなかった。

座り込んでいた怪物が黒く膨れ上がり、弾けた。黒い鳥の群れだ。

ただ、敵は怪物の姿のままだった。『檻』の中で追いかけたのと同じ姿の怪物が三体。それが次々に襲いかかってくる。先端の尖った脚での蹴り、長い爪のついた手での打撃。凧のような滑空、背中の翅《はね》を鳴らしての急降下……『檻』の怪物よりも更《さら》に運動能力が高い。

見た目は怪物でも、中身は黒い敵なのだから、違っていて当然なのだが。

これまでになく長い時間だった。実際にはそうでもないのかもしれないが、体感としては長かった。何時《いっ》終わるのかとそればかりを考えた。ようやく敵が黒い塵《ちり》となって霧散した時には、その場に倒れ伏してしまいたい程、疲れていた。

『黒い敵たちは、ここでも変わらずに襲ってくるわ』

どのカカシであろうと、黒いカカシの中には必ず黒い敵が居る。見知った場所を目の当たりにしたせいで、それを失念しそうになっていた。ママがわかりきった事を言う理由の一つ。失念しない為の強調。今回はそれだ。

『努々《ゆめゆめ》気を抜く事勿《なか》れ……よ』

反論は出来ない。たとえ、言葉を失っていなかったとしても。

『彼等はニンゲンから奪ってきた夢の話で盛り上がってたみたいね』

地べたに座り込んでいる三体の怪物達は、相変わらず煌めく欠片を手の中で弄んでいる。あの欠片こそがニンゲンの夢だった。奴等は「夢喰いの怪物」なのだ。ニンゲンから夢を奪い、それを喰らう。

『夢喰いの貴方達は、夢を食べ続ける事で、ヒトの姿を手に入れられる……』

怪物達は、大事そうに欠片を口許《くちもと》に運び、しかし、一瞬で飲み込んでしまった。夢を喰らうとは、そういう事だ。

『貴方もそう願っていたんでしょう？』

なぜ、夢喰いなどという種族がいるのかは知らない。ニンゲンが、なぜニンゲンという種族がいるのかを説明できないように。

夢喰いは、ニンゲンの夢を喰う。幾つも幾つも夢を喰い続ければ、ニンゲンの姿を手に入れる事ができるから。なぜ、ニンゲンの姿を手に入れたいのか、それも知らない。あまりにも当たり前に過ぎて、考えた事など無かった。

あの日、ニンゲンの少女と出会い、「私のユメを食べてください」と頼まれた時でさえ、深く考えたりしなかった。目の前にニンゲンが居れば、夢を奪って喰う。それが夢喰いの本能だ……。

＊

カカシの中から少女が出てきて、白くなったカカシから武器が離れて宙に浮いた。見慣れた光景だ。球体状の格闘武器が少女に吸い込まれていく。と、少女が顔を歪《ゆが》めて背中を丸めた。これは今までに無かった事。見慣れた光景ではない。

「苦しいでしょうけど……先へ進むわよ」

少女が再び顔を上げる。まだふらつきが残っているようだったが、少女は構わずに走り出す。どんなに苦しくても先へ進まなければならない。少女はそれを理解している。

「この記憶は、貴方に深く組み付いている。その修復は一筋縄ではいかないわ」

それでも、直視しなければならない。壊れた記憶を元に戻さない限り、この子は罪を償えない……幸せにはなれないから。

「本能に刻まれた欲望に随《したが》って、ヒトの夢を奪い、喰らい、人間の姿を望む者。それがあの『怪物』」

人間には凡《およ》そ理解し難い光景であったけれども、「夢喰いの怪物」という種族にとっては、当たり前の会話と行為だった。人間の目には異様に映るあの姿も、彼等にとっては当然の姿。……説明するまでも無い事を説明してしまった。

「貴方のほうが詳しいわね」

意地の悪い言い方だったかもしれない。ただ、今は、何をどう言っても同じ事だろう。どんなに言葉を選んでも、今のこの子には何もかもが断罪になってしまう。そうとしか受け取れない。おそらくは。

「さあ、次の記憶へ。次のカカシを探しましょう」

冷たい灰色の石と、色の無い空が続いている。少女は、時折、立ち止まっては辛そうに身体を折った。これまで表情らしい表情を見せなかった少女が顔を歪めているのだから、相当に苦しいのだろう。

そして、この領域にも敵は侵入していた。黒い鳥も居たし、黒い柵もあった。それらを排除する時だけは、少女の顔から苦痛の色が薄らいだ。多少なりとも気が紛れるのかもしれない。これまで鬱陶《うっとう》しさしか無かった作業が、ここへ来て助けになるとは。皮肉な話だ。

やがて、通路は開けた場所にぶつかり、行き止まりになった。勿論、進む方法はある。少女は迷いの無い足取りで歩いて行く。その先には、少女の背丈程の石柱があった。

「その端末、使い方は覚えているかしら」

石柱の手前で少女は立ち止まり、手を差し伸べた。エレベーターの時のように、手を触れたりはしない。この仕掛けは、あれとは違う。少女はちゃんと覚えていたのだ。

少女の姿が光に変わるのを見たと思った。吸い込まれるのとはまた異なる、何に喩《たと》えたらいいのかわからない感覚の後、別の場所に出た。かつて人間が「ワープ」と呼んだ現象を利用した転送装置だった。

転送先もまた広場で、その先には階段が続いている。

「『彼女』と一緒に、ここを通ったのでしょう?」

これから上るであろう階段を下りてきて、あの端末を使った筈だ。最初の同行者である『彼女』と、内通者である運送屋と共に。

しかし、少女は問いかけを無視するかのように背を向けて走り出した。まだ答える術を持たないのだから、仕方が無い。残り三つのカカシを見つけ出し、この領域の記憶全てを修復しない限り、少女は喋《しゃべ》れないままだ……。

少女の苦痛を反映したかのように、視界が荒れ、音が割れる。これもまた『檻』特有の現象だった。決して頻繁に見られる現象ではないけれども。

緩やかに弧を描いた階段を上りきると、大きな建物の入り口だった。例によって扉が閉ざされていて、その前には番人のように黒いカカシが立っている。

「二つ目の記憶ね。準備は良い?」

少女がカカシへと歩み寄った。

贖罪：黒「欲暴《よくぼう》」

巨大な歯車とも模様とも知れない円形の何かが、上空でぐるぐると回っている。見知った空。夢喰いの怪物達が住む世界。だが、奇妙な事に「帰ってきた」とは思わなかった。ましてや、「懐かしい」とは思わなかった。かつて暮らしていた筈なのに、ただ「知っている場所だな」と感じただけだ。

いつの間にか、目の前にママがいる。

『……覚悟しておいて』

脅しか？　だが、嫌いじゃない。こちらの気を引きたがっているのが見え見えのいつもの口調よりも、鬱陶しくなくて良い。少なくとも、今、こいつが話しているのは本当の事だと思える。

『貴方が今、感じている苦痛は、修復が進む程に深くなるわ』

なんだ、そんな事か。その程度では、脅しにならない。今、感じている苦痛？　それがどうした？　これより耐え難い苦痛を知っている。それに比べれば……。

そうか。別に、脅しという訳ではなかったのだろう。単なる警告、だ。誇張も何も無い、ここから先に起こりうる事実に対する警告。

ママが先へと進んでいく。薄緑色の空の下、赤茶けた大地から無数に生えている尖った何かを縫うようにして進む。ニンゲンの世界には無いモノばかりが、ここには在る。

『記憶の深層に触れれば触れる程、貴方は、元の貴方に近付いていく』

という事は、「帰ってきた」とも「懐かしい」とも思えなかったのは、元の自分と今の自分がかけ離れていたせいか？　元の自分に近付けば、この空を見て「懐かしい」と思えるのだろうか。……思いたくなかった。そんなふうには。

『かつての自分に飲み込まれてしまわぬよう……気をつけてね』

この空の下に暮らしていた自分。ニンゲンの夢を奪う事だけを考えていた自分。ああ、確かに飲み込まれたくはない。

『これは……』

怪物の死体だ。それも複数。地面から生えている尖った何かに、無造作に突き刺してある。

『気をつけて。この殺し方……』

尖った何かに突き刺して殺したのではなく、殺してから突き刺したのだとわかる。殺し方というよりも、殺した後の行為に異常なモノを感じる。

『奴等が近くに侵入しているわ』

侵入自体は驚くに値しない。ここは黒いカカシの中なのだから、黒い敵が侵入して物語を壊している。ただ、物語の登場人物を奴等が殺し、その骸《むくろ》を弄んだ事は今まで無かった。尤《もっと》も、奴等が手を下すまでもなく、物語の中では大勢のニンゲンが死んでいた訳だが。

それはともかく、いつもと異なるやり口だ。用心するに越した事は無い。

周囲を警戒してみたものの、怪しげなモノは見当たらなかった。奴等は新たな獲物を探しに行ってしまって、もう此処《ここ》にはいないのかもしれない。

しかし、それは甘い見通しだった。

『夢……夢……』

姿よりも先に声が聞こえた。怪物の声だ。更《さら》に進むと、地べたに這《は》い蹲《つくば》っている怪物が居た。何かを貪り喰っているのが遠目にもわかる。

『もっと夢が必要なんだ……』

怪物が喰っているそれは、もはや原形を留めていない。おそらく、仲間の……怪物の死体。ニンゲンの夢を喰った仲間を、その夢ごと喰ったのだろう。最初は夢だけを横取りするつもりだったのだろうが、出来なかった。襲われた側の怪物は、奪われるより先にとその場で夢を喰ってしまったに違いない。それで、こいつは仲間を喰う事にした……。

足りない、足りないと繰り返す怪物が顔を上げる。次の獲物を見つけた、と言わんばかりに立ち上がる。

『こいつは……貴方の記憶を破壊するモノ』

威嚇《いかく》するように両腕を広げた怪物に、黒い鳥の群れが舞い降りてくる。

『「修復」しないと、願いは叶《かな》わないわよ？』

わかってる。カカシの中で黒い敵を見つけたら倒す。これまで何度繰り返してきたと思っている？

初めて「運送屋」の案内でカカシに入ったのは、四ヶ月前。ヤツは『檻』の案内役だった。初めてママを見た時に運送屋の仲間かと勘違いをしたのも、同じくらいの大きさで、宙に浮いて移動していたせいだ。

ただ、ママは目の部分に穴を開けた白い布を被っていた。それに対して運送屋のほうは、ニンゲンが身につけているような黒っぽい布に、ニンゲンが被っているような帽子を被り、ニンゲンが持っているような「鞄」を掛けていた。こうして並べてみると、外見的には結構な違いがあった。

さぁ、張り切って行きましょう、とヤツの声が耳に蘇《よみがえ》った。やたらと饒舌《じょうぜつ》で、余計な事ばかり喋るくせに、本当の事は一つだって言わない、そんなヤツだった。信用ならない相手だと、薄々感じていた筈なのに……。

だが、俺はヤツの手引きで『檻』を進み、黒いカカシに入って「夢」を、物語の記憶を修復し続けた。修復が済んでいない夢は喰えないからだ。

あの時の俺は、ニンゲンの夢を喰う為に黒い敵と戦った。でも、今は……。

『まだ足りない……これじゃあ、まだ……人間にはなれない……』

ゆらゆらと揺れながら、怪物が膨れ上がる。

『来るわ！　気をつけて！』

黒い粒子が爆《は》ぜて広がり、敵が現れる。つるりとした外観の、二本足で直立歩行する敵だ。それから､鳥の形をした敵。ずんぐりとした胴体に比べて貧弱な羽しかない鳥だった。そいつらを倒せば、次は……夢喰いの怪物だった。黒い鳥の群れに取り憑かれた怪物が襲いかかってくる。

だが、苦戦はしない。物語の登場人物達の力を呼び出し、黒い敵と戦わせるという手順にも慣れた。鳥の形をした敵も、直立歩行する敵も、すぐに消えた。黒い敵と化した怪物も、手強かった訳ではない。ただ、何となく不愉快だっただけだ……。

気がつくと、俺は……物語の中の俺は、怪物と組み合っていた。黒い敵に取り憑かれた怪物ではない。先刻、襲いかかってきた怪物だった。黒い鳥が舞い降りる寸前まで物語が巻き戻っていた。

相手の腕を振り解き、距離を取る。相手が体勢を整える前に急接近し、擦れ違う。利き腕全体に衝撃が伝わったと思った直後、怪物が倒れる音が響き渡った。

『くそ……あと……少しで……人間に……』

確かめるまでもなかった。仕留めたのはわかっている。なぜなら、アレは……。

『貴方の記憶の中には、矛盾した二人が存在する。一人は人間になりたいと願う怪物』

そう、たった今、倒した。寝ても覚めてもニンゲンの夢を喰う事ばかり考えていた、かつての自分自身を。もっと喰いたい、もっともっと喰いたい……そんな欲望の塊だった。自分では気づいていなかったが、夢を喰う為なら仲間だって殺すつもりでいたのだろう。

『もう一人はそれを否定する怪物』

今の……俺だ。ニンゲンの夢を喰い続けた結果を知っているから、否定せずにはいられない。しかし。

『その隙間に入り込まれたのね』

ニンゲンの姿を手に入れたいという願望を否定しきれていなかった、という事か。そんな願望はとっくに捨てたと思っていたのに。

『貴方が本当にしたい事は何？』

決まっている。本当にしたい事は、一つだけだ。……そう思っていた。だが、違っていたのだろうか？　自分で気付いていないだけで、まだ迷っていたのだろうか？

＊

カカシから出てきた少女の呼吸が荒い。上手く息が吸えないのか、小刻みに肩が上下している。足を踏み出しただけで、身体が傾く。

「大丈夫？　歩ける？」

答えの代わりに、少女は歩き始めた。すぐにそれは小走りになる。本当は全力疾走したいのかもしれないが、今はそれが少女にとっての「全力」に違いなかった。

カカシの背後の扉が開く。その先は、長い上り階段だった。平坦な通路ではなく。『檻』そのものが少女に更なる試練を与えようとしているかのようだ。風の音さえ、どこか冷ややかに響く。

この領域には、不快な砂埃《すなぼこり》も無ければ、足に纏《まと》わり付く水溜まりも無く、視界を奪う吹《ふ》雪《ぶき》も無いというのに、これまで以上に過酷に思えた。

階段の途中で、少女の足が止まった。苦しげに胸元を押さえ、俯《うつむ》いている。

「さっきも言ったけれど、修復が進む程にその苦しみは深くなるわ」

ここから先は、今より楽になる事など絶対に、無い。上体を不自然に傾けながら、少女が再び階段を上り始める。

少女が立ち止まるたびに、荒い息と共に雑音にも似た音が響き、視界が乱れた。この先、更に頻度を増して現れるであろう現象だ。『檻』の様相は、何時《いつ》、何者が何処《どこ》を歩くかで異なってくる。少女も薄々それを察しているのか、戸惑う様子は見られない。苦しくて、それどころではないのかもしれないけれども。

長い長い階段が終わると、通路の先が広場になっていた。中央に小さな石柱が見えるから、エレベーターがあるのだろう。

近付いてみると、予想通りだった。少女が石柱の上部に触れる。突き上げるような振動と共に広場全体が上昇を始める……と、ここまでは前と同じだが、その先が少々違っていた。

唐突に上昇が止まった。何が起きたのかと訝《いぶか》る間に、石柱が黒い粒子で覆われた。敵が妨害してきたのだ。

少女が黒い粒子に向かって手を差し伸べる。対処法は、あの黒い柵と同じ。ただ、黒い柵は予め設置されていた。今回のように、目の前で進路を妨害してきたのは初めてだった。こちらの動きが止まらない事に焦って、なりふり構わず邪魔をしてきたのだろうか。

そんな事を考えていると、もう少女が戻ってきた。まあ、柵やカカシの中と外では流れる時間が異なるから、早すぎる訳ではない。

「黒い敵の攻撃が激しくなってきたわね……」

相槌を打つような間合いで、少女が石柱の上部に手を触れる。エレベーターが再び動き出す。

また一気に上昇して、唐突な振動と共にエレベーターは止まった。今度は敵の妨害を受けたからではなく、目的階に着いたから止まったとわかる。広場の端と通路とが繋がったからだ。

通路の先に、今にも崩れ落ちそうな橋があるのが見える。砂の領域でも、建物や階段が所々崩れていたけれども、ここ、石の領域はそれ以上に酷い。行く手に見える橋は、中でも最低最悪の部類に属していると断言できる傷み具合だった。

少女が足を掛けると、それだけで橋は嫌な音を立てて軋んだ。小柄な少女の体重でさえ支えきれないらしく、歩くたびにどこかが割れる音がする。

少女が渡り終えるなり、分厚い氷が割れるような音と共に橋に亀裂が走った。これは落ちるな、と思った時にはもう、橋は無くなっていた。

「……道が断たれたわね」

少女は何の感慨も抱いていない様子で、橋を背に走り出す。退路など必要無いと言わんばかりに。そうね、と思う。

「道があっても、引き返す事なんて出来ないけど」

この道行きは一方通行だった。選択肢が用意されているのは、最後の最後。それも、行くか戻るかではない。もっと別の、おそらく少女にとってこの上もなく重い選択。

「すべての記憶の修復が終わったら、もう一度、あの質問を貴方にするわ。だから」

この道行きが始まる前に、少女は一度選んでいる。道行きを終えた後、彼女は何を選ぶだろう？

「自分の心をよく整理しておきなさい」

三つ目の黒いカカシの前に来ていた。

贖罪：黒「症動《しょうどう》」

またあの空の下か。いや、少しばかり色が異なる。空だけでなく、周囲の様子が先刻のカカシの中とは違って見えた。それもそうか。

『先へ進みましょう』

これは現実じゃない。記憶だ。自分自身のモノでありながら、どこか距離を感じてしまうのは、壊れた記憶だからだろう。

『前にしか道は残っていないのだから』

カカシの外だけでなく、ここでも前にしか進めないらしい。勿論、それで困りはしない。引き返す気など最初から無いのだから。それが現実であろうと、記憶であろうと同じ事。

それが間違いだったのかもしれない、と今更のように思った。運送屋の手引きで『檻』を進む間、一度も引き返そうとは思わなかった。言われるままにカカシに入り、夢を修復しては喰った。もしも、途中で引き返そうとしたら、結果は違っていたのだろうか？

『どんな生物も、本能に逆らうのは難しいわ。人間になりたい、人の夢を食べたい。怪物にとってはそれが最大の欲求なのだもの』

たった今、考えた事に対する否定の言葉だった。夢を喰うのは本能なのだから、途中で引き返そうなどと考える筈が無い、と。

『自分たちの生きる理由、それを否定する事は、自分自身を否定する事に等しい』

否定するも何も、生きる理由なんて考えてみた事が無かった気がする。碌《ろく》に考えてもいないのだから、否定も肯定も出来なかった。ニンゲンの夢を喰う事、夢を喰ってニンゲンになる事。頭の中にあったのは、それだけだ。……引き返そうなどという考えが生まれる筈もなかった。それくらい、俺は何も考えていなかったのだ。

目の前に夢があれば喰う。目の前にニンゲンがいれば夢を奪う。夢、夢、夢、夢……そんな衝動のままに俺は生きていた……。

不意に、目の前の道が途切れた。何やら見覚えのある光景だ。雪山を行く男の姿が脳裏をよぎる。道を阻《はば》む大地の切れ目、という言葉が浮かぶ。此処《ここ》に雪は無いが、似ている。

五つ目のカカシの中で登山家の男を見た際、何て自分に似ているんだろうと思った。脇目も振らずに目的地へと進む視野の狭さも、その目的地が間違っているのではないかと疑いもしない浅はかさも、そして、自分の願望の為に平気で他者を犠牲にする身勝手さも。

奇妙な偶然だが、此処でも、崖によって寸断された道の傍《かたわ》らに立ち枯れた木がある。それを切り倒した。あの男のやり方と同じ、だ。木の長さは申し分無く、ちょうど向こう側へと届いた。俄《にわか》作りの丸木橋だったが、そこそこ頑丈で、難無く向こう側へ渡る事ができた。登山家の男のように、渡り終える直前に落ちたりはしなかった。カカシの中で目にした出来事にも、役に立つモノがあるのかと意外に思う。

ニンゲンの物語に、役に立つモノなど無いと思っていた。執着だの憎悪だの、くだらない事柄ばかりが詰め込まれていたからだ。登山家の男も、国を追われた王子も、機械兵も、義肢《ぎし》の女も、暗殺者の女も、結局のところ、他者との関わりの中にしか生きる意味を見出していないように見えた。

彼等だけではない。それ以前にカカシの中で目にした囚人の夫婦。我が子を「花」に殺されたという偽の記憶を植え付けられ、「花」との戦いを強いられていた。やはり我が子という他者との関わりがなければ、彼等の生きる意味は成立しない。

両親の仇《かたき》を討つ為に勝手に敵地に潜入した少年兵も、命懸けでその少年兵を救出した「臆病者」の隊長も、生きる意味は両親という他者だったり、部下という他者だったりした。

生体兵器の少女は、生きたニンゲンを見た事がなかったが、その行動の動機はやはり他者だった。彼女が「おねえさま」と呼ぶ、オリジナルの少女。実際の関わりが皆無だった、存在したのかどうかさえ疑わしい他者だ。

ニンゲンが拘《こだわ》る「他者との関わり」というモノが、ニンゲンではない俺には理解できなかった。なぜ、ニンゲンは取るに足らない事に拘るのかと、不思議でならなかった。

夢の提供者である白い服の少女が、彼等に同情したり、動揺したり、様々な感情を見せる様子もまた然《しか》り。ニンゲンである少女が同じニンゲンに共感するのは当然かと、それ以上考えるのを止めてしまったが、敢えてその先を考えるべきだったのかもしれない。

もしも、あの時……とまた思った。些細《ささい》な引っかかりや疑念を軽視せず、徹底的に考え抜いていたら、何かが変わっていたのだろうか、と。今更のように考えている、考え続けている自分が何やら滑稽に思える……。

更に進んでいくと、道を塞ぐようにして大木が立っていた。巨大な幹は大きな洞《うろ》になっている。ここで行き止まりという訳ではないから、その洞の中に道が続いているのだろう。ただ、その洞の前に何かがいる。長い武器を手にしているのは、侵入者を阻む為か。

この洞は門だ。おそらく、何か重要な場所への入り口になっている。そして、この長い武器を手にした者は門番で……俺と同じ姿をしていた。門番の怪物だ。

その傍らに黒い鳥が舞い降りてきた。群れではない。一羽だけが大木の枝に留まって『ドウシテ』と言った。門番に取り憑く訳ではないらしい。

別の一羽が舞い降りて、『アンナ子供』と言いながら枝に留まる。更に一羽がやって来て『人間ニナル』と言う。また別の一羽は『ドウデモイイ』と言い、次の一羽は『奪エ』と言い、最後の一羽は『知ッタコトカ』と言った。枝に留まっている黒い鳥は、門番を守っているようにも、門番と結託して進路を妨害しているようにも見えた。

門番の怪物が、ぼそりと言った。

『人間ニナリタカッタノダロウ』

わかりきった事を。だが、その先を聞いて、俺は凍り付いた。

『アンナ子供、タダノ食糧ダ。今更ソンナ事ヲ気ニシテ何ニナル？』

なぜ、それを知っている？　いや、知っていて当然なのか。これは、俺の記憶。だとすれば、この門番の怪物も……。

『惑わされないで』

その言葉で我に返った。

『あいつらは貴方の迷いに侵入してくるわ』

門番が黒く膨れ上がり、爆《は》ぜる。黒い粒子が辺りに立ち籠《こ》め、黒い敵が現れた。いずれにしても、こいつらを排除しなければ先へは進めない。

黒い敵と対峙《たいじ》している間にも、門番の言葉が頭の中を駆け巡った。

人間ニナリタカッタノダロウ？

そうだ。かつての俺はそうだった。ニンゲンの姿を手に入れたくてたまらなかった。

アンナ子供、タダノ食糧ダ。

そう考えていたのも事実だ。最初は、そうだった。夢さえ喰えればいい。夢を喰われたニンゲンがどうなるのかなんて、考えもしなかった。

今更ソンナ事ヲ気ニシテ何ニナル？

違う、と叫びたかった。今更、なんて思っていない。そう言いたかった。だが、それは、ずっと目を逸《そ》らし続けてきた本音だった。

きっともう、何もかも手遅れだ。忘れてしまおう。こんな思いをしてまで、『檻』を遡《さかのぼ》る必要なんか、無い。たぶん、無い。何もかも投げ出して楽になりたい。逃げたい。

でも。何もかも投げ出したとして、本当にそれで楽になれるのか？　忘れてしまえるのか？　この後ろめたさから逃げられるのか？

否。投げ出しても、逃げ出しても、いつか必ず追いつかれる。たとえ記憶を全部消し去ったとしても、何かが俺を捕らえて放さないだろう。だから……。

背中に棘《とげ》のある巨大な敵を倒すと、視界が元に戻った。巨木の洞の前には、黒い鳥も、門番の怪物もいなくなっていた。

『彼等は相手の感情を読み取っては口にする。そして、揺れた感情の隙間をくぐって記憶を破壊しに来るの。気をつけてね』

ずっと心の奥底に押し込めてきた本音。そんなモノを突きつけられたら、誰だって動揺する。忘れてしまいたいと考える。そうやって、奴等は記憶を壊していく。嫌な手口だ。

だが、黒い敵は倒した。これで邪魔者は消えた。巨木の洞へと進む。薄暗い闇が口を開けている。思い切って足を踏み入れると、真っ黒な闇が広がった。そう思ったのも束の間、周囲は先刻よりも明るくなっていた。

薄黄色の空には、相変わらず円形の何かが回っている。色は違っても、同じ空だ。だが、地上の様子はそれまでとは全く異なっていた。地面から生えていたのは、尖った何かではなく、鏡だった。

何枚も、何十枚も、もしかしたら何百枚もの鏡が生えている中を進んでいく。目の前からママの姿が消えている。

『……あの時』

背後から声がした。肩越しに振り返ると、ママは少し遅れてついてきている。いつの間にか、自ら先に立って歩いていた。

『貴方は一人の人間に出会った』

白い服の少女。髪を二つに分けて束ね、容易《たやす》くへし折ってしまえそうな細い首には、どう見ても不似合いな首輪が填《は》まっていた。「わたし、フィオっていうの」と言った顔。毎晩悪夢を見ると言って泣いていた時とはまるで違う、眩《まぶ》しい笑顔だった。

同時に、不愉快な声が耳に蘇った。運送屋の声が。

この子の夢を喰らい尽くすんですね、そして、貴方様は人間になるんですね、承りました、と。

目深《まぶか》に帽子を被っていたのと、穴を開けただけの黒い布のせいで、ヤツがどんな表情を浮かべていたのかまではわからない。夢の提供者が都合良く見つかりましたねえ、と言った時の狡《ずる》そうな声。都合良く見つかったのではなく、見つけてきたのだろう。

『貴方は、その人間の夢を喰らい尽くして、身体を奪い、人間となった』

知らなかった、というのは今となっては空しい言い訳だ。ニンゲンの夢を喰い続ければニンゲンの姿になれる事は知っていた。そのニンゲンから身体を奪う事だとは思ってもみなかった。知ろうともしなかった。ニンゲンの事などどうでも良かったからだ。

あの子の夢を喰う事が、あの子からニンゲンの姿を奪う事だったと知った時、初めて悔いた。欲しいモノを他者から奪う事の意味、その罪深さを深く考えず、それどころか知ろうともしなかった自分を責めた。

何もかも、己の浅はかさが招いた事態だった。だから、投げ出す訳にはいかなかった。まだ道が続いているのなら、進むしかないのだ。

『修復の終わりは近いわ。気を引き締めて……』

本当に終わりが来るのだろうか？　目の前には、延々と鏡が続いている。進んでも進んでも、終わりは見えそうになかった。

＊

カカシから出てくるなり、少女の身体が傾いた。背中を丸め、肩で息をする少女に、カカシから離れた武器が吸い込まれていった。

少女の身体がびくりと震える。まるで、異物を無理矢理に飲み込まされたかのように。

「まだ、歩ける？」

少女が顔を上げ、覚束《おぼつか》ない足取りで歩き出す。

「……そう」

カカシの背後の扉が開く。その向こうにエレベーターが見える。そこへ続く通路は平坦で、しかも短い。にも拘《かか》わらず、少女がそこに辿《たど》り着くまでに時間を要した。走るどころか、もはや早足で歩く事すら困難になっている。

「貴方がどちらの選択をするとしても、次の記憶が最後の記憶よ」

エレベーターが上昇していく。少女は背中を丸めて、浅い呼吸を繰り返している。エレベーターが上階に着くまでの、短い休息だ。

「……行きましょうか」

ほんの束の間の休息であっても、幾らか元気を取り戻したらしい。上階の通路を行く少女は、再び早足になっていた。

通路の途中に図々しく居座っていた黒い鳥を追い払い、少女は長い通路を進んだ。ところが、そう順調にはいかなかった。少女の状態が『檻』を不安定にさせていた。

もうすぐ通路も終わりという辺りで、また視界が乱れた。これまでになく酷い雑音が響き渡る。なかなか視界が元に戻らない。『檻』が破損してしまったのではないかと思える程、長く、酷い異常だった。

雑音が消え、視界が元に戻った後も、少女はすぐに動けずにいた。ふらふらになりながら、少女は通路を渡り終えた。立っているのがやっとだろうに、それでも起動装置を覆い隠そうとする黒い柵を撤去し、ひたすらエレベーターで上階を目指す。

これまでになく広い部屋だった。床の面積もそうだが、天井までの高さが呆《あき》れる程に高い。見れば、起動装置の石柱が中央に据えられている。成る程、エレベーターがあるのならば、呆れる程に高い天井の理由もわかる。

部屋があまりに広いせいで、石柱までの距離が遠い。走ればすぐの場所なのに、視界が乱れて思うように進めない。ふらつきながら進む少女の横顔に、焦りの色が見える。

ようやく石柱に辿り着き、少女がもどかしげに手を伸ばす。足許から小刻みな振動が伝わってくる。床の一部だけがエレベーターになっているのだろうと思ったが、広い床全体がせり上がり始めた。物理法則が支配する世界であれば、途轍《とてつ》も無い動力を必要としたに違いなかった。

「貴方がやってきた物語の修復、それは貴方自身が犯した過ちへの贖罪《しょくざい》」

少女の頬が震えたように見えた。エレベーターの振動が伝わっただけかもしれないが。或《ある》いは、苦痛に耐えかねて歯を食いしばったのかもしれない。

「でも、もう少しでそれも終わり。願いを成し遂げるのか、或いは……」

エレベーターが止まる。繋がった通路の向こうに、黒い粒子が立ち上っているのが見える。残る力を振り絞るようにして、少女は進む。前へ。少しでも前へ、と。

上り坂の通路は、真っ直《ます》ぐに黒いカカシへと延びていた。あと少し、とばかりに少女が意気込むのが手に取るようにわかる。が、それを阻むかのように視界が乱れた。もう幾度目になるだろう？　たとえ習い性でも、こればかりは数えたくないと思った……。

よろめきながら、少女が坂を上っていく。通路の両脇には、石の柱や石の塔が無秩序に立っている。色の無い空の下、それらは幾つもの墓標が並んでいるようで、不吉な事この上ない。

上り坂の通路は、途中から長い階段へと変わった。数段上る毎に、鼓膜を突き破るかのような雑音が響き、視界が大きく揺れ動く。そのたびに少女の足が止まる。

頑張って、とは言わない。これは少女が負うべき痛み。贖罪の為に必要な苦しみ。安っぽい激励の言葉は不要だし、邪魔なだけだ。

「これが最後、正真正銘最後の記憶よ」

黒いカカシの前に至った時、少女はもはや真っ直ぐに立っていられなかった。それでも、その双眸《そうぼう》は少しも光を失わずにカカシを見据えている。

「この修復を終えた時、貴方は失った全ての物を取り戻す……。そこで、貴方の罪が待っているわ」

半ば倒れ込むように、少女はカカシへと吸い込まれていった。

贖罪：黒「黒虐《こくぎゃく》」

鏡が立ち並ぶ場所に、戻ってきた。

『……鏡は、自身の姿を映し出す』

だからなのか、ニンゲンは鏡が好きらしい。夢に出てくるニンゲンの家には、必ずと言っていい程、鏡があり、結構な頻度でニンゲンは鏡を見ていた。

『さあ、奥へ進んで。貴方の罪と、向き合う為に』

促《うなが》され、先へと進む。またママが先導しているのは、俺がこの先にあるモノを恐れているからなのか。

恐れていないと言えば嘘になる。己の罪と向き合った時、何が起きるのか。償えるのかどうかさえ定かではない……。

そんな内心の怯えが形となって現れたのか、何も映らない鏡が行く手を阻んだ。いや、鏡ではなかった。扉だ。木とも石ともつかない重たそうな扉。何かが映る道理が無い。映らない鏡と勘違いしたのは、やはり己の姿を直視したくないからなのか。

ママが近づくと、扉は難無く開いた。扉の向こうにも、まだ鏡が続いている。大きな鏡、小さな鏡、傾いた鏡、汚れて曇った鏡、ひび割れた鏡。どの鏡も空ばかりを映していて、俺の姿は映っていない。

そういえば、ここへ至るまでの鏡には何が映っていた？　ママの姿？　怪物の姿？　奇妙な事だが、思い出せなかった。

幾つもの鏡の向こうに、一際《ひときわ》大きな鏡があった。道はそこで行き止まりになっている。今度こそ、道の終わりだった。鏡の中に、小さな人影がある。近づくまでもなく、それが何なのかわかってしまった。

『彼女こそ、貴方が夢を奪った少女』

白い服に首輪、二つのお下げ髪。カイブツさん、と笑っていた筈の少女、フィオは何の表情も浮かべていなかった。無表情のまま鏡の中に居た。

『貴方は少女の夢を喰らい、その身体を奪って人間になった』

夜になるたびに、フィオは『檻』にやって来た。フィオを連れて、『檻』の中を進み、一晩に一つの夢を喰った。朝になると、「じゃあ、また明日ね、カイブツさん」「楽しかったよ、カイブツさん」などと言って、フィオは帰っていった。

怪しげな運送屋の案内で怪しげな場所を移動するだけなのに、それのどこが「楽しかった」のかと、俺は首を傾《かし》げた。だが、一つ、二つと、夢を喰らっていくうちに、もしやこれが「楽しい」という事かと思い始めた。

日に日に元気が無くなっていくフィオを見て、動揺したりもした。何もできない自分をもどかしく思ったりもした。……自分があの子に何をしているのか、全く気づきもせずに。

もしや、と思わなかった訳ではない。だから、運送屋に尋ねた。俺が夢を喰ってるせいなのか、と。だが、運送屋は「いえ、違いますね。夢を食べられること自体、人体には無害です」と答えた。その言葉に安心して、考えるのも疑うのも止めてしまった。

確かに、運送屋の言葉は嘘ではなかった。だが、真実でもなかった。フィオが弱っていたのは、夢を喰われたせいではない。それは事実だが、夢を喰われる事は「人体に無害」ではなかった。夢を喰われ続けたニンゲンは、その身体を奪われる。運送屋はそれを黙っていたのだ。

最後の夢を喰った後、俺はニンゲンの姿を手に入れた。その姿は、俺の想像とは違っていた。何となくだが、俺はカカシの中に出てきた兵士のような姿になると思っていた。小さな少女の姿など、想像もしていなかった……。

『それが今の貴方の姿。罪深き「黒の少女」』

そう、俺はフィオと同じ姿になっていた。当然だ。フィオの身体を奪ってニンゲンになったのだから。

『……そうして貴方は、怪物としての望みを果たしたわ。しかし、全ての夢を奪われた少女は……』

　夢喰いの怪物になった。ニンゲンの姿を奪われたフィオは、怪物の姿になってしまった。俺の罪の全てを引き受けたかのような姿に。俺の愚かさ、浅はかさ、身勝手さ、そういった何もかもを。

『その結論を貴方は許せなかった』

　カイブッさんの願いがかなったら、わたしもうれしいな、という声が耳に蘇った。自分でない相手の願いが叶《かな》う事がなぜ嬉しいのか、理解できずにいる俺にフィオは言った。そのほうがうれしさが倍になって、相手も自分もうれしくなるんだって、と。

　フィオの姿を手に入れても、ちっとも嬉しくなかった。俺が嬉しくないんだから、フィオだって嬉しくなかったに決まってる。そんな結末、俺は望んでいなかった……。

『だって、貴方は』

　ママの言葉が途切れた。鏡の前に立つ怪物に、黒い鳥の群れが舞い降りる。怪物を、俺を、歪めて壊そうとしているのだ。

　黒い敵は、迷いや動揺に付け込んでくる。鏡の前に立つ自分自身の姿に、俺は動揺している。迷いなど捨てたつもりでいたが、一欠片くらいは捨てきれずに残っているかもしれない。愚かな者はそう容易《たやす》く愚かさを捨てきれない事を、俺はニンゲン達の物語から学んだ。

だから、こいつらはしつこい。残り物に群がる獣のように、常に付け入る隙を探している。それを残らず排除しなければ、修復は終わらない。

怒りに任せて運送屋を殺しても、何の解決にもならなかった。フィオは俺の姿のままで何処かへ行ってしまい、俺はフィオの姿のままで取り残された。その後、壊れたモノを直して、在るべき場所へ戻さない限り、何も解決しないのだと教えられたから、俺は……俺は……。

気がつけば、また鏡の前だった。

『だって、貴方は』

鏡の向こうには、泣きも笑いもしないフィオが居る。

『彼女と、友達になりたかった。そうでしょう？』

最後に奪った夢は、フィオ自身の物語だった。「現実」の世界でのフィオとその両親は、「山羊《やぎ》の民」と呼ばれ、差別されていた。

フィオにも、その両親にも、何ら罪は無かった。ただ慎《つつ》ましく、穏やかに暮らす市井《しせい》の一人だった。なのに、ある日突然、「山羊の民」という身分を押しつけられ、その暮らしは一変した。

ニンゲンは弱い者いじめが好きだ。そうする事で、自身が強く、恵まれている事を確認して満足するのだ。或いは、自身が恵まれていなければ、その不満をぶつけて憂さを晴らす。だから、ニンゲンは虐げる相手がいなければ、無理矢理にでも作り出そうとする。そうやって、作り出されたのが「山羊の民」だった。フィオが付けていた首輪は、その身分を示していた。

フィオの両親は仕事を失い、たちまち生活は困窮した。フィオも友人を失い、学校に行けなくなった。誰も助けてくれなかった。助ければ、その者も同じ「山羊の民」に落とされかねないからだ。

やがてフィオの父親は殺された。何の罪も無いというのに。母親は失踪《しっそう》した。そうせずにはいられなかったのだろう。そして、あの子は独りぼっちになった。

それを目の当たりにした時、あの子を苦しめるヤツらを許せないと思った。一人ずつ、殺してやる。何の罪も無いあの子を酷虐《こくぎゃく》へと追い込んだヤツらに、報いを。ニンゲンになったら、必ず。

フィオの言った事は正しい。フィオが嬉しくなれば、俺も嬉しい。嬉しさが倍になって、自分も相手も嬉しくなるというのは、本当なのだ。だから、あの子が喜ぶ事をしてやりたいと思った。苦しい事は全部、叩き壊して、楽しい事だけを与えてやりたい。そう思っていたのに。

『でも……夢を奪われたあの子は』

鏡に映るフィオの姿が白い閃光《せんこう》となって爆《は》ぜた。見れば、鏡の前の怪物が黒い霧に包まれている。白い閃光が黒い霧へと向かい、黒い霧が白い閃光を覆い……白が黒に、黒が白に変わった。光も霧も消えてみると、鏡の前には黒い服の少女が立っていた。そして、鏡の中には怪物が居た。

なぜ、フィオの手が、フィオの足が、ここにある？

これはあの子のモノだ。手も足も、お下げ髪も、か細い首も、不似合いな首輪さえも、あの子のモノ。あの子から奪っていいモノなんか、一つとして無い。何も与えられず、奪われ続けてきたあの子からは……。

『あの子は、貴方の代わりに怪物の姿となって、今も「檻」の中を彷徨《さまよ》っている』

怪物の姿となったフィオが何処《どこ》へ行ったのか、あの時点ではわからなかった。だから、『檻』を遡っている最中に出会《でくわ》して驚いた。ニンゲンの姿を失ったフィオが『檻』の中を彷徨っていた、という事実を目の当たりにして。

襲いかかってくるような仕種を見せてきた時には、それが当然だと思った。俺の事をさぞかし恨んでいるだろう、だから殺されても仕方が無いと思った。

だが、襲いかかっては来なかった。怪物の姿ではなく、フィオ自身の姿だったから、中身が俺だと思わなかったか。或いは、もはや自分が何をしているのか、何がしたいのかすら、わからなくなっていたのかもしれない。

音の出る階段を鳴らして遊んでいた怪物を見た時には、胸が締め付けられた。「わあ、この階段、音が鳴ってるよ?」「たのしいね、カイブツさん!」そう言って笑っていたあの子の、あれが成れの果ての姿か、と。

もっと冒険したかったたな、と寂しげに呟いた顔、水遊びをしていた時の楽しげな顔、「カイブツさん、ふぁいとー!」と手を振り上げた時の顔……様々なフィオの顔が一度に蘇って、苦しくなった。

座り込んでいる老人と出会した時もそうだ。「ねえカイブツさん、この子のママをカカシの中で探してくれないかな?」と言った顔が思い出されて、苦しくてたまらなくなった。

フィオが俺に「お願い」したのは、たった二つだ。夢を食べて欲しいという事、そして、迷子になった子供の母親を探して欲しいという事。そのどちらも、フィオ自身が何かを得る為の願いではなかった。

他人から冷たくされていたのに、フィオは他人に優しかった。母親とはぐれた子供を案じ、「わたしたちといっしょに来て、君のママを探さない?」と提案したりもした。俺なんぞは、死ぬ程面倒だと思っただけだったのに。

結局、子供の母親は見つからなかった。いや、見つけはしたのだが、カカシの中で死んだ。子供の泣き顔を見るのが嫌で、俺はそれを言わなかった。あの子供は「ここで母さんを待ってみる」と言って、その場に残った。

その言葉通り、あの子供はずっと待ち続けていたらしい。ニンゲンは時が経てば姿が変わる。子供は大人になり、やがて老人になる。……砂の領域で座り込んでいた老人だ。すぐに、あの子供と同一のニンゲンだとわかった。おねえちゃん、と呼ぶ声は、俺の罪を否応なく思い起こさせる声だった。

ここにいるのはフィオじゃない。この姿はフィオから奪ったモノ。あの子は今、ニンゲンの姿を失い、怪物となって彷徨っている。あの子には何の罪も無いのに。何もかも、俺の罪だというのに……。

『さぁ、時間よ。直すべき記憶は全て正された』

いつの間にか、周囲の鏡は消えて、辺りは暗闇になっていた。

『貴方も最後の一欠片を取り戻す。それを以《もっ》て、もう一度、質問に答えて貰うわ』

答えは決まっている。最初からずっと、決まっていた。

貴方の願いを果たす時が来た、という声が響き渡り、やがて闇に吸い込まれていった。

＊

カカシから出てきた黒服の少女は……レヴァニアは、立っていられなくなったのか、その場に膝をついた。

白くなったカカシから、格闘用の武器が離れて宙に浮き、光る欠片に変わった。

「それこそが最後の一つ、『言葉』」

欠片をそっと導く。眩《まばゆ》く煌《きら》めくそれは、レヴァニアに吸い込まれて消えた。

「これで、貴方は失った全ての物を取り戻した」

白い服の少女、フィオと出会った夢喰いの怪物レヴァニアは、最初の夜に「言葉」の夢を食べた。次の夜には「悲哀」の夢を、更に次は「怒り」の夢、「祈り」の夢、「希望」の夢、「意思」の夢を食べ、フィオから人間の姿を奪った。

勿論、レヴァニアはフィオを怪物の姿に変えたいなどと考えてはいなかった。敵の内通者に、まんまとしてやられただけで。だから、内通者を倒した後も、レヴァニアは相当長い間、呆然《ぼうぜん》としていたに違いない。

『俺……俺はどうしたら……』

その所在無さげな後ろ姿を見て、ようやく追いついたと思った。『檻』の中では、たとえ同じ場所に居たとしても、容易く出会えたりはしない。いわゆる物理法則が支配する世界とは違うから。やっと出会えたと、安堵《あんど》した。すぐさま、レヴァニアに声をかけた。途方に暮れて、項垂《うなだ》れている黒服の少女に。

『元カイブツさん、お困りのようね』

『貴様……運送屋の仲間か！』

『待って。私は敵じゃないわ。逆に、貴方にとって救世主かもしれないわよ？　あの子を元に戻す事は、不可能じゃないわ』

『なら今すぐやってくれ！』

『でも、それには膨大な力が必要なの……貴方が食べてきた夢と同じだけの』

『何をすればいい⁉ もっとわかりやすく説明しろ！』

『貴方はもう一度、夢を集め直す必要があります。その為には、この「檻」を逆戻りすればいい。ただ、貴方は代償として声や感覚を失ってしまうわ』

『やれ！』

『本当にいいのね？』

『もちろんだ』

幸い、夢はまだ貴方と完全に同化していない。今ならまだ、全ての欠片を引き剥《は》がせる。ただ、無理矢理に剥がせば欠片は壊れてしまう。だから、それをもう一度、修復して、フィオに戻す。奪われた夢が元に戻れば、フィオも元の姿に戻る。

噛み砕いて説明してみたけれども、あの時のレヴァニアは半分も聞いていなかったかもしれない。たぶん、フィオを元に戻したいという事しか考えていなかった。ともあれ、声や感覚を失ったレヴァニアは、再び物語を修復する旅に出た……。

「選択の時が来たわ」

冷たい石の床に両手をついて、レヴァニアは苦しげに肩を震わせている。

「人間になるのか、それとも……」

地鳴りのような音が聞こえた。『檻』の底から、幾つもの石が現れる。角張った石、曲線を描いた石、大きな石、更に巨大な石、それらは風を切って上昇していき、やがて一箇所に集まった。

音を立ててぶつかり合いながら、幾つもの石が一つの形へと変わる。規則正しく時を刻む、歯車と長針、短針へと。上空に現れた巨大な時計は、凄まじい速度で逆回転を始め、やがて止まった。レヴァニアの願いに共鳴しているのだろう。もう答えはわかっていたが、敢えて訊いた。

「貴方の本当の願い、教えて？」

レヴァニアが顔を上げる。その両目から黒い二筋の滴《しずく》が零《こぼ》れ落ちる。立ち上がり、叫ぶ。ようやく取り戻した声を振り絞るようにして。

「あの子を……人間に戻すんだ！」

予想通り、四ヶ月前と、少しも変わらない答えだった。

「『夢』は全て集め直した。どうすれば、あの子は元に戻る⁉」

焦燥感に満ちた口調も、やはり変わっていない。

「道の先へ進みなさい。そこから先は……」

カカシの向こうへと伸びている通路を示すなり、続きも聞かずにレヴァニアは駆け出した。無理もない。その後を追いかけながら、続きをささやく。「そこから先は、貴方の思うように」と。

少し前の苦しげな様子が嘘のように、レヴァニアは上り坂の通路を走っていく。

「貴方は、立派に贖罪を為したわ。だからきっと、望みは叶えられる。それが、この『檻』のルールなのよ」

もうすぐ。もうすぐだから。貴方の願いが叶えられるのは。

扉が開き、また上り坂の通路が現れる。それは真っ直ぐに伸びて、最上階の広場へと続いていた。

「いたわ！　あそこよ！」

広場の中央に、怪物がいた。自我を失い、彷徨い続けていたフィオが終着点にいた。それが『檻』のルールだから。厳密な決まりを守り、厳格な手順に従えば、その結果は自《おの》ずと現れる。

「フィオ……」

怖がらせないようにと思ったのか、レヴァニアがゆっくりとフィオに歩み寄り、光る欠片を差し出した。

「俺が集め直した『夢』を……」

突然、怪物が両手で頭を抱えた。小さな子供がいやいやをするように、何度も首を横に振る。甲高い音がその口から漏れた。イヤだ、と言っているように聞こえる。

『イヤだ！　人間になんて、戻りたくない！』

今度ははっきりと聞こえた。少女本来の声とは少し違っていたが、聴き取れた。

「これは……拒絶」

どうして、と掠《かす》れた声でレヴァニアが呟く。

「この子が人間だった時の絶望の記憶が……邪魔をしているのね」

ある日突然、それまでの暮らしを奪われた挙げ句、父親と母親を相次いで失った。誰にも頼れず、たった一人で苦しみに耐えねばならなかった。年端のいかない少女には過酷すぎる記憶。大人であっても耐えきれないであろう記憶。少女がそれを拒絶するのは、至極《しごく》当然に思える。

イヤだ、イヤだ、と叫びながら、フィオがレヴァニアに襲いかかる。人間の姿を取り戻す事は、フィオにとって、再び絶望の中へと引きずり込まれる事を意味している。だから、それを強いる者は敵でしかない。たとえそれが、かつての自分と同じ姿をした者であっても。

「フィオ！」

鋭い爪で切り裂かれそうになっても、レヴァニアは後退らなかった。

「俺がフィオと友達になる！」

レヴァニアの差し出す手が激しく払いのけられた。怪物の力である。少女の姿ではひとたまりも無い。硬い石の床に叩きつけられ、レヴァニアが呻《うめ》く。が、すぐに立ち上がり、レヴァニアはまたフィオへと手を差し伸べた。

「俺がフィオを助ける！」

フィオは聞く耳を持たない。レヴァニアが容赦なく跳ね飛ばされた。

「俺がフィオと遊ぶ！」

レヴァニアが起き上がり、フィオに向かって突進していく。光る欠片を大事そうに抱えて、真っ直ぐに。

「お願いだから！」

またしても、フィオの手がレヴァニアを薙《な》ぎ払う。それでもレヴァニアは起き上がり、また払いのけられ、また起き上がり……。その横顔には、今までに無かった何かが色濃く浮かび上がっている。「意思」でもなければ、「希望」でもない、「祈り」でもなく、まして「怒り」ではない、「悲哀」とも異なる何か。

何度拒まれても、何度阻まれても、レヴァニアを立ち上がらせる何か。

「……信じてほしい」

震え声にも似た呟きは、心の底からの願い。それが怪物と化したフィオに届いたのかどうかは、わからない。ただ、ほんの少しだけ、払いのける手が弱まったように見えた。

だからといって、すぐに拒絶が消える筈もなく、レヴァニアは跳ね飛ばされては起き上がるというのを繰り返さなければならなかった。辛抱強く、何度も、何度も。

ついにフィオがその場に座り込んだ。天を仰いで絶叫する様子は、子供が泣き叫んでいるようにも見える。レヴァニアがすかさずフィオとの距離を詰める。光る欠片がその手を離れて、フィオのほうへと流れていく。

一際大きな声でフィオが叫ぶ。レヴァニアが胸を押さえてうずくまる。その姿がたちまち輪郭を失い、黒い結晶と化した。同時にフィオの姿も白く溶け、レヴァニアと同じ大きさ、同じ形の結晶、真っ白な立方体を形作った。

次の瞬間、黒い結晶と白い結晶が弾け飛んだ。そして、先刻まで黒い服の少女が立っていた場所には怪物が居た。怪物が居た筈の場所には、白い服の少女が。

二人は同時に目を開いた。怪物はどこか安堵した様子で、少女は怪訝《けげん》そうに眉根を寄せている。

少女が怪物を見上げる。戸惑いと驚きとが相半ばした顔だった。

「カイブツさん、人間にはなれなかったの？」

ほんの少し前まで、自分がその怪物の姿であった事など全く覚えていないらしい。

「……いいんだ」

そう答えるレヴァニアの声は穏やかだった。フィオが嬉しそうな表情を浮かべる。

「じゃあ、いっしょにまた遊べるね！」

過酷な暮らしの中でも決して色褪《いろあ》せなかった笑顔。これをもう一度見たい、取り戻したいとレヴァニアが願ってやまなかったであろう笑顔。それが当たり前のように、在る。レヴァニアがゆっくりと頷《うなず》いた。

「……ああ」

フィオの目がくるくると動く。何をして遊ぼうかと、考えを巡らせているのだろう。子供特有の好奇心と冒険心とで頭を一杯にしている……。

「これで、貴方達の願いは叶った？」

問いかけると、二人は顔を見合わせ、微笑み合った。表情がはっきりしないレヴァニアだが、微笑んでいるとわかる。そう、二人の輪郭が揺らぎ始めていたから。

怪物と少女がふわりと浮き上がる。並んで手を繋いだまま、蜃気楼《しんきろう》のように揺らめき、薄れていき、やがて溶けて見えなくなった。でも、二人がいなくなった訳じゃない。

二人が消えた後に残ったのは、武器。格闘用の武器が二つ。球の形をした武器と、鋭い爪のような武器と。

「ようやく……あの二人の記憶が修復されたのね」

誰が聞いている訳でもなかったけれども、つい、口に出してしまう。

「だって、ママは、お喋《しゃべ》りが大好き。静かにしているのは苦手なんだもの」

くすりと笑って、武器を抱え上げる。まだ仕事は残っていた。

多角形の広場、その中央にある鉄格子の箱。見上げんばかり巨大な箱。

うん、やっぱり何度見ても、『檻』の中の檻ね。動物園の檻みたい。どうして、始まりの場所にこんなモノがあるのかしら？ もっと別の造りでも良さそうなものだけれど。待ち合わせに使うには、ちょっと合わないっていうか。まあ、『檻』の事はよくわからないんだから、仕方無いわ。

あの時は、ここへやって来るのがあの子で、ママのほうが待っていたのよね。あ、でも、今回も「ママのほうが待っている」は同じだったわ。「ここへやって来る」のがあの子でなく、ママだっていう違いだけ。

ママが檻の扉を開けて入って行くと、そこで待っているのはママ……って、紛らわしい事を言ってる場合じゃなかったわね。

よっこらしょっと。『檻』の最上階から運んでくるの、結構大変だったのよ？ 球体の格闘武器と、鋭い爪の形をした格闘武器って、持ちにくいんだもの。あ、手で持ってる訳じゃないでしょっていうツッコミは無しね。

はいこれ。お届けモノよ。

「ありがとう。助かるわ」

二組の格闘武器を仕舞い込むのを確認。はい、これで今回のお仕事は完了ね。

「そうね。お疲れ様」

フィオとレヴァニア……二人の物語を修復するのは、さすがのママも骨が折れたわ。

「どっちも記憶が壊れまくってたみたいだしね……危ないところだったわ」

まったく、ママの手も借りたいくらいだったわよ。

「一度に二つ分だものね」

別々の武器に同じ人物が関わっているのは、別に珍しい事じゃないんだけど。一人で複数の武器を所有するのは、割とよくある事だから。ただ、両方の記憶を同時に修復しなきゃいけないっていうのは、ちょっと珍しいパターンでしょう？

レヴァニアが奪った記憶をフィオに返す、って言っちゃえば簡単に聞こえるけど。記憶は壊れたままじゃ返せないし、直した記憶が勝手に返ってくれたりはしないから、元の持ち主まで運んで受け取ってもらわなきゃならない訳で。

「それに、下手に動かせば修復不可能になりそうだったし」

それよ、それ。破損を広げないように、そーっと、そーっと……ってね。

「ストレス溜まりまくってたものね」

その節はお世話になりました。愚痴を聞いてもらって、気が楽になったわ。というか、愚痴でも零《こぼ》さなきゃ、やってられなかったわね。ふう。

でも、これで……二人は安らかに眠れるわね。

「そうね」

貴方達の願いは叶った？　と訊いた時の二人の顔、ママにも見せたかったわ。今までの苦労が全部、報われたって思えるくらい、良い顔だった。「めでたしめでたし」っていう字幕が横に見えるくらい！

「でも……まだ……」

そうよね……まだ……。まだ、終わりじゃない。壊れたままの物語はたくさんあるし、こうしている間にも、壊されてる物語もある。エンドマークには程遠いわ。

「すべての物語を集めなければ」

ええ。数え切れないほど、たくさんあるけれど。

あら？　もう行くの？

「ママは忙しいのよ。ママだって、忙しいでしょ？」

わかってるわよ。……待って。ここから出るのって、久しぶりなんだから。最近はずっと、ここにいたんだし。大変だったのよ、砂塗《まみ》れになったり、水浸しになったり、雪滑り……は、結構楽しかったわね。だから、待ってってば！

広く開けた空。どこまでも続いている空に集うのは、無数の……ママ達と運送屋達。数え切れない程の物語を集める為に。数え切れない程のママ達と運送屋達が、一斉に飛び去っていく。物語を修復する為の場所へ、この空の下に立ち並ぶ無数の巨塔へ向かって。

虚空を貫く石の巨塔。その巨大な建造物は『檻《ケージ》』と呼ばれていた。

著者　映島　巡
Eishima Jun

福岡県出身。主な著書は『小説 ドラッグ オン ドラグーン3 ストーリーサイド』『FINAL FANTASY XIII Episode Zero』『小説 NieR: Automata』シリーズ、『FINAL FANTASY XV -The Dawn Of The Future-』『SINoALICE 黒ノ寓話』(以上、スクウェア・エニックス)など。また永嶋恵美名義の著書に『泥棒猫ヒナコの事件簿 あなたの恋人、強奪します。』(徳間文庫)などがある。2016年、「ババ抜き」で第69回日本推理作家協会賞(短編部門)を受賞。

GAME NOVELS
NieR Re[in]carnation ニーア リィンカーネーション
少女と怪物
2022年3月31日　初版発行

原　　作　ゲーム『NieR Re[in]carnation (ニーア リィンカーネーション)』

著　　者　映島　巡
監　　修　ヨコオタロウ&ニーア リィンカーネーション シナリオチーム

発 行 人　松浦克義

発 行 所　株式会社スクウェア・エニックス
〒160-8430
東京都新宿区新宿6-27-30 新宿イーストサイドスクエア

＜お問い合わせ＞
スクウェア・エニックス サポートセンター
https://sqex.to/PUB

印 刷 所　凸版印刷株式会社

Printed in Japan
ISBN978-4-7575-7855-5 C0293